Tucholsky Wagner Zola Scott Sydow Freud Schlegel
Turgenev Wallace Fonatne

Twain Walther von der Vogelweide Fouqué Friedrich II. von Preußen
Weber Freiligrath Frey

Fechner Fichte Weiße Rose von Fallersleben Kant Ernst Frommel
Richthofen
Hölderlin
Fehrs Engels Fielding Eichendorff Tacitus Dumas
Faber Flaubert
Eliasberg Ebner Eschenbach
Feuerbach Maximilian I. von Habsburg Fock Eliot Zweig
Ewald Vergil
Goethe Elisabeth von Österreich London
Mendelssohn Balzac Shakespeare
Lichtenberg Rathenau Dostojewski Ganghofer
Trackl Stevenson Doyle Gjellerup
Mommsen Tolstoi Hambruch
Thoma Lenz Hanrieder Droste-Hülshoff
Dach Verne von Arnim Hägele Hauff Humboldt
Reuter Rousseau Hagen
Karrillon Garschin Hauptmann Gautier
Defoe Baudelaire
Damaschke Descartes Hebbel
Hegel Kussmaul Herder
Wolfram von Eschenbach Dickens Schopenhauer Rilke George
Bronner Darwin Melville Grimm Jerome
Campe Horváth Aristoteles Bebel Proust
Bismarck Vigny Barlach Voltaire Federer Herodot
Gengenbach Heine
Storm Casanova Tersteegen Grillparzer Georgy
Chamberlain Lessing Langbein Gilm
Brentano Gryphius
Strachwitz Claudius Schiller Lafontaine
Bellamy Kralik Iffland Sokrates
Katharina II. von Rußland Schilling
Gerstäcker Raabe Gibbon Tschechow
Löns Hesse Hoffmann Gogol Wilde Vulpius
Luther Heym Hofmannsthal Gleim
Klee Hölty Morgenstern
Roth Goedicke
Luxemburg Heyse Klopstock Kleist
Puschkin Homer Mörike
Machiavelli La Roche Horaz Musil
Navarra Aurel Musset Kierkegaard Kraft Kraus
Lamprecht Kind
Nestroy Marie de France Kirchhoff Hugo Moltke
Laotse Ipsen Liebknecht
Nietzsche Nansen
Marx Ringelnatz
von Ossietzky Lassalle Gorki Klett Leibniz
May vom Stein Lawrence Irving
Petalozzi
Platon Knigge
Sachs Poe Pückler Michelangelo Kock Kafka
Liebermann Korolenko
de Sade Praetorius Mistral Zetkin

Der Verlag tredition aus Hamburg veröffentlicht in der Reihe **TREDITION CLASSICS** Werke aus mehr als zwei Jahrtausenden. Diese waren zu einem Großteil vergriffen oder nur noch antiquarisch erhältlich.

Symbolfigur für **TREDITION CLASSICS** ist Johannes Gutenberg (1400 — 1468), der Erfinder des Buchdrucks mit Metalllettern und der Druckerpresse.

Mit der Buchreihe **TREDITION CLASSICS** verfolgt tredition das Ziel, tausende Klassiker der Weltliteratur verschiedener Sprachen wieder als gedruckte Bücher aufzulegen – und das weltweit!

Die Buchreihe dient zur Bewahrung der Literatur und Förderung der Kultur. Sie trägt so dazu bei, dass viele tausend Werke nicht in Vergessenheit geraten.

Die stille Revolution

Odön von Horváth

Impressum

Autor: Ödön von Horváth
Umschlagkonzept: toepferschumann, Berlin

Verlag: tredition GmbH, Hamburg
ISBN: 978-3-8424-6878-8
Printed in Germany

Text der Originalausgabe

Ödön von Horváth

Die stille Revolution

Kleine Prosa

Neue Wellen

Während ich schreibe, höre ich draußen das Meer.

Denn mein Haus steht am Ufer.

Und das Meer will über das Ufer, es brandet und braust wie im Märchen. Mit neuen und neuen Wellen. Immer wieder, immer wieder.

Es rauscht und braust und brandet immer wieder eine Welle. Sie kommen aus der Ferne, wo der Horizont eine Linie ist. Gestern war ein Sturm. Ich hab oft hingesehen, aber kein Ende entdeckt.

Es ist zwar nicht mein Haus, das da im Sturme steht, es gehört einem alten Fischer, aber man sagt halt so, daß es einem gehört, wenn man drin wohnt. Nicht einmal das Zimmer gehört mir, ich hab es nur gemietet und es ist noch ein Problem, wo ich das Geld am ersten hernehmen werde. Mir gehört nur, was ich anhabe und der Koffer und eine alte Reiseschreibmaschine. Die ist die wichtigste, denn die gehört zu meinem Beruf.

Ich bin Schriftsteller.

Aber wo ich am ersten das Geld hernehmen werde, macht mir keine Sorge. So lange mir was einfällt, so lange gibts auch immer noch Wunder. Und wenn kein Wunder kommt, bleib ich die Miete schuldig.

Mein Hausherr ist ein braver Mann und nicht versessen auf Wunder. Er mag mich leiden, denn ich stelle keinerlei Ansprüche, bin höflich und artig und frage ihn jeden Tag: »Wie gehts mit dem Rücken?« Er hat nämlich die Gicht und es freut ihn, wenn man sich erkundigt.

Wer wird sich mal nach mir erkundigen?

Wenn ich die Gicht haben werde –

Ich glaube niemand, denn ich habe kein Haus.

Es kann mir also niemand die Miete schuldig bleiben.

Doch was nicht ist, das kann noch werden, und man weiß nicht, wen man morgen kennen lernen wird. Vielleicht wohnt man in einem Palast, wo die Palmen drum rum herumstehen. Vielleicht

wird man noch so viel gefragt werden, daß einem die Gall heraus-
gehen möcht.

Nur keine Angst, es ist alles relativ!

Ich schreibe und draußen geht das Meer.

Es geht hoch und tief und immer hin und her.

Immer wieder, immer wieder –

Gestern war der Sturm noch stärker, die Netze sind zerrissen und
ein Boot kam nicht mehr zurück. Vielleicht tauchts auf übers Jahr
mit schwarzen Segeln und ohne einer Seele –

Oh, kommt herbei, Ihr braven bösen Gespenster!

Ein Schifflein fährt auf hohen Wogen, es ist aus Papier, gib acht,
gib acht, Dich baute eine Kinderhand!

Eine weiche, kleine Kinderhand – sie wollte mit Dir spielen. Aber
dann kamen die Wellen und trieben dich weg. Hinaus, hinaus –

Gib acht, Du bist nur aus Papier!

Ich schreib ein Feuilleton.

Ich bekomme pro Zeile einen lächerlichen Betrag, aber auch der
lächerlichste Betrag summiert sich und man kann ohne ihn nicht
leben. Und außerdem ist das Feuilleton auch nichts wert.

Es ist alles gelogen.

Es gehört einer Frauenzeitschrift. Es muß eine sentimentale Geschichte werden. Mit Frauentypen für den Mittelstand. Und dann
wird es übersetzt. Ich schreibe es für den Feuilletonredakteur. Ich
kann die Sprache nicht. Ich bin nämlich nicht mehr zuhaus.

Ich mußte weg von daheim.

Es ist nun schon eine geraume Zeit her.

Ich war mal eine angehende Hoffnung, ich bin ja noch nicht alt.
Aber inzwischen hat sich vieles geändert.

Wenn ich zurückdenke, so weiß ich oft gar nicht, wo ich beginnen
soll. So viele Gestalten tauchen auf, und nicht, daß sie auftauchen –
sie sind verschwunden. Freunde und Feinde, es ist alles vorbei.

Wir leben in einer schnellen Zeit.

Oft denke ich, wie war mein Erfolg. Ich schrieb ein Stück, großer literarischer Erfolg, das zweite kam nicht mehr, es war aus, die Revolte.

Warum mußt ich eigentlich weg von zuhaus? Wofür bin ich denn eingetreten? Ich hab nie politisiert. Ich trat ein für das Recht der Kreatur. Aber vielleicht wars meine Sünde, daß ich keinen Ausweg fand?

Ich schreibe mein Feuilleton und weiß es nicht.

Ich weiß es noch nicht.

Das Meer rauscht. Es kommen neue und neue Wellen. Immer wieder, immer wieder.

Die stille Revolution

Fünf Fragmente

Am 18. April 1934 schraken die Bewohner des kleinen Städtchens Sanct-Martin im Burgenland auf eine furchtbare Detonation aus dem Schlafe auf. Und kaum war die erste vorbei, folgte die zweite.

Die Gendarmen eilten heraus, desgleichen die Miliz. Es waren zwei Böller explodiert, der eine vor dem Pfarrhaus, der zweite vor dem Bürgermeisteramt.

»Habens schon gehört, Herr Pichlmeyer«, fragte die Frau Krennhuber ihren Zimmerherren, »daß heut Nacht in Sanct-Martin wieder zwei Bomben explodiert sind, die eine vor dem Rathaus, die zweite vor dem Pfarrhaus. Der hochwürdige Herr ist ein tapferer Mann, er ist gleich aus dem Bett heraus und hinaus vor die Tür und hat geschimpft und geflucht, während der Bürgermeister einen Nervenschock bekommen hat. Und zwischen Wien und St. Pölten habens eine Eisenbahnbrücke gesprengt, im letzten Moment habens den D-Zug aufgehalten, sonst wär was passiert, und einen christlich-deutschen Turner habens meuchlings erschossen, und den jüdischen Juwelier ermordet, und in Wien habens auf einem Kinderspielplatz Bomben in den Sand gelegt und die haben den Kindern die Händ weggerissen – ich sags ja, ich sags ja: diese Herren Nationalsozialisten, die wollens erzwingen, daß wir preußisch werden!«

»Beruhigen Sie sich, Frau Krennhuber«, meinte der Assistent Pichlmeyer, »wir Österreicher werden niemals preußisch. Selbst wenn uns die Preußen einverleiben sollten, so bleiben wir doch immer, was wir sind!«

»Wenn nur der Franz Josef noch leben würde«, sagte die Alte. »Aber so ohne Kaiser –«

»Auch jetzt haben wir Männer, die über Österreich wachen«, sagte der Pichlmeyer, »und Gott wird uns helfen, alles zu überstehen. Auch die Preußen.«

Der Assistent Pichlmeyer war ein braver Mann. Er war immer schon Legitimist und er haßte die Preußen. »Man muß sich von dem Vorurteil frei machen, daß die Preußen auch Menschen sind«, pflegte er zu sagen.

Im dritten Stock wohnte ein Student. Er studierte Jus, wußte aber nicht, was er werden wollte, sollte.

Die Straße war eng und kurz, der Himmel grau. Es begann leise zu regnen.

Der Sommer ging vorbei. Der Sommer 1913 –

Der Student schrieb ein Gedicht.

Er war nämlich verliebt.

Aber es wurde kein Liebesgedicht. Ganz im Gegenteil. Es wurde ein Gedicht, das in einem überheizten Glashause spielte, ein wildes, anklägerisches Gedicht, ein tief resigniertes, von einem Sohne, der seine Mutter umbringt. Es war sprachlich einwandfrei, aber es ließ dennoch kalt, denn der Student liebte seine Mutter nicht.

Denn seine Mutter war eine dumme Frau, die mit dem Leben nicht fertig wurde. Sie saß in einer Sechszimmerwohnung, und wurde immer hysterischer. Sie war so eifersüchtig auf ihren Gatten, der ein Frauenarzt war.

Der Frauenarzt war ein braver Mann und wurde mit ihr nicht fertig. Es war die Tyrannei der Spießerinnen, der spießbürgerlichen Vampyre. Aus Achtung vor dem Weibe, wurden sie von den Männern verpatzt. Die Männer damals gingen auf jede Laune ein, weil sie höflich waren und korrupt.

Der Student hatte gerade das Gedicht fertiggestellt, fertiggedichtet, als die Post kam. Es war ein Brief von dem literarischen Zirkel dabei, dort zu erscheinen.

Der Zirkel wurde von einer Gräfin geführt, die für die Literatur schwärmte, für die moderne. Sie verstand nichts davon, aber sie war für die Freiheit. Unter Freiheit verstand sie die Erlaubnis, Wörter wie Hose, Korsett, etc. aussprechen zu können. Sie hörte den Vorlesungen zu und wenn das Wort Hose oder Korsett kam, applaudierte sie und rief »Bravo!«

In diesem Zirkel wollte der Student sein Gedicht vorlesen.

Es hieß: »Der Knabe als Muttermörder.«

Die Gräfin wird »Bravo!« schreien, dachte der Student, schon beim Titel!

Dann verließ er sein Zimmer und ging über die Straße.

Damals war der Verkehr noch gering. Es gab nur wenig Autos. Die Lastfuhrwerke gingen im Schritt und die Wagen wurden von einem Pferde gezogen oder von zwei. Eine eigentliche Lebensgefahr bildeten nur die Straßenbahnen. Und die Equipagen, wenn die Pferde wild wurden, durchgingen, vor einer Trambahn scheuten.

Der Student ging an den Geschäften vorbei.

In den Buchauslagen lagen die neuesten Werke der Neuromantiker. Sie waren in Leder gebunden. Der Student dachte, er möchte auch mal so gebunden sein.

Er wich einem Auto aus.

Er haßte die Technik. Es schien ihm unfein, über sie zu sprechen.

Es war etwas untergeordnetes.

Er ahnte noch nicht, daß ein Jahr später ein Krieg ausbrechen würde, in dem die Technik siegen wird.

Es war eine satte, müde Welt – und er träumte vom Zusammenbruch. Die Ahnung des Zusammenbruches lag auf ihm, er wußte, daß die Dichter ihrer Zeit immer voraus seien und er wußte, daß alles zusammenbrechen würde. Da hatte er ja auch recht, aber er hatte es sich nicht überlegt, daß er dann keine Gedichte mehr wird schreiben können, kein Geld von seiner hysterischen Mama wird bekommen können, daß dann wirklich alles aus sein wird.

Es war das Gefährlichste: er kokettierte mit dem Nichts. Und wußte nicht, daß er kokettierte.

Auch jetzt kokettierte er, da er zu seinem Mädel ging. Er holte es aus einem Warenhaus ab. Dort wartete er. Die großen Glasfenster waren erleuchtet. Es warteten nur Männer. Darunter ärmere, auch einige Kavaliere, um die Ecke stand sogar eine Equipage.

Endlich kam das Mädel.

Sie war blond und hübsch.

Sie schien traurig.

»Was ist dir?« fragte der Student.

»Ach«, sagte sie. »Du wirst mich ja doch nie heiraten. Das Leben verweht, vergeht –«

Sie gingen durch die Anlagen und durch einen Park. Die Blätter fielen und man hörte aus der Ferne das Läuten der Trambahnen. Sie setzten sich auf eine Bank.

»Was ist dir?« fragte wieder der Student.

»Ich bin ein armes Mädel«, sagte sie, »und du nützt mich eigentlich nur aus.«

»Ich?!«

»Ja.«

»Wie kannst du sowas sagen?!«

»Ich war gestern bei einer Freundin. Dort war ihr Onkel. Der hielt uns große Reden und er hat recht. Ihr nützt uns nur aus.«

»Aber entschuldige, kennt er mich denn?!«»Nein.«

»Nun, wie kann ers denn wissen, daß ich dich ausnütze?«

»Er meint es im Prinzip!«

»Da gibt es kein Prinzip, und das laß ich mir nicht bieten! Ich werde den Kerl zur Rede stellen!«

»Aber Liebster, mach doch keine Sachen! Er steht doch tief unter dir! Er ist doch nur ein Eisendreher, er arbeitet in der Fabrik, laß ihn reden, schau der Mond kommt jetzt und die Sterne –«

Der Student küßte sie und sie schmiegte sich an ihn.

Er fühlte ihre Wärme, aber der Onkel ließ ihm keine Ruhe. Wie kommt der dazu, zu sagen, daß er sie ausnützt?!

»Ich werde ihn doch zur Rede stellen«, sagte er plötzlich, aber sie zog ihn ängstlich zu sich herab.

Ein Polizist ging vorbei.

Er war bei ihr.

Hernach: »Ich muß den Onkel sprechen!«

Er hat mit ihr einen kleinen Krach.

Sie sagt am Schluß: »Ja, der Onkel hat doch recht: arm und reich vertragen sich nie.«

Arm und reich?

Der Student dachte nach: was soll das? –

Er ging nach Haus und wusch sich die Hände. Er zog sich um und ging dann zur Einladung der Gräfin.

Dort trug er das Gedicht vor.

Die Gräfin sagte »Bravo!«

Es waren noch andere Damen da, elegante und so, aber dem Studenten gingen zwei Wörter nicht mehr aus dem Sinn. »Arm« und »reich«. Er sah die eleganten Damen, die ihm Komplimente machten für seinen Knaben als Muttermörder-Zyklus, und er mußte immer an das Mädchen denken im Warenhaus.

Und an ihren Onkel.

Er wird den Onkel sprechen.

Nach der Gräfin ging er mit zwei Freunden weg. Sie gingen noch in ein Cabaret.

»Es ist eigentümlich«, sagte der Eine, »die Zweiteilung des Weibes. Die einen sind Heilige, die anderen Dirnen. Auch die männliche Seele ist zweigeteilt.«

Aber den Studenten interessierte nur die Zweiteilung »Arm und reich«.

Er ging ins Cabaret.

Dort sang eine Sängerin ein Lied von einem Straßenleuchter, der die Lampen andreht und seine Tochter am Strich sieht. Es war sehr sentimental und hat den Studenten zu tiefst erschüttert.

Er betrachtete das Lied als ein Fingerzeig Gottes.

Am nächsten Tage sagte er zu dem Mädel: »Ich möchte deinen Onkel sprechen, aber ich versprich es dir, es gibt keinen Krach.«

»Gut«, sagte das Mädel, »aber sei gut zu ihm, er ist ein alter Mann.«

Und sie erzählte ihm, er könnte den Onkel dort und dort treffen, in einem Restaurant Ceres.

Am nächsten Tag ging der Student hin.

Es war ein vegetarisches Restaurant.

Der Onkel hatte einen Spitzbart.

Der Student hört zum erstenmale das Wort »Masse«.

Verwirrt verließ der Student das Lokal.

Er traf noch einigemal das Mädel, aber dann wars aus.

Er schrieb auch keine Gedichte mehr.

Sie gefielen ihm nicht.

Man weicht mir aus.

Denn meine Schuhe sind zerrissen und mein Anzug ist auch nicht so ganz in Ordnung.

Aber ich kann mir meine Schuhe nicht flicken lassen und meinen Anzug muß ich auch so lassen, wie er ist, denn ich habe kein Geld.

Ich hab überhaupt noch nie Geld gehabt.

Seit ich mich erinnere, hatte ich immer nur das, was ich grad gebraucht hab. Ich habs zwar auch zeitweise manchmal nicht gehabt und hab gehungert. Aber dann wars plötzlich wieder da. Wir nanntens:»das Wunder«. Auch bei meinen Eltern war es so. Sie lebten von heute auf morgen. Mal hatte mein Vater Arbeit, mal nicht. Mal meine Mutter, mal nicht. Mal hatten beide nichts. Mal hatten beide. Dann kriegten wir Bonbons und Papa hatte einen Rausch. Dann gingen wir Kinder stehlen, ich und meine beiden Schwestern. Die eine ist schon tot. Wir Kinder sangen damals einen Vers, wir wußten nicht genau, was er bedeutete:»Sie kanns im stehn und liegen. Jetzt ist sie bei den Engelein, jetzt kann sies auch im Fliegen!«

Heut weiß ich es, was es bedeutet, und wenn ich traurig bin, denk ich daran. Dann werd ich noch trauriger. Aber ich beruhig mich. Sie starb mit vierzehn Jahren. Jetzt ist sie im Himmel, sagt die Mutter. Wir kommen alle in die Höll, sagt der Vater. Ich sag gar nichts, denn ich glaub an nichts. Nein, heut glaub ich an nichts mehr.

Ich kann mich zwar an vieles nicht mehr erinnern, an das sich meine Eltern noch genau erinnern können, zum Beispiel an den Weltkrieg – aber auch ich habe bereits verschiedenes auf der Welt erlebt, um sie, wenn auch nicht restlos kennen zu lernen, so doch für meine Person.

Jetzt geh ich heut schon zweiundzwanzig Kilometer – und ich weiß es noch nicht, wo ich übernachten werd. Ich geh nämlich auf der Landstraße und weiß nicht wohin. Ich bin ein sogenannter Landstreicher. Ich wandere schon seit Wochen. Mal übernacht ich bei Bauern, mal in Scheunen. Es gibt zwar Heime für wandernde Leute, aber die meide ich.

Ich will es nämlich offen sagen, warum ich sie meide: Ich mag nämlich nicht arbeiten. Nein, ich will nicht arbeiten!

Es war nicht immer so, daß ich nicht arbeiten wollte. Es war vielmehr ein langer Prozeß. Ursprünglich war ich in der Lehre. Da zog er mir die Ohren hoch. Ein Buchdrucker. Da las ich viel. Dann ging ich weiter. Feldarbeiter, Maurer, aber dann – dann kam der Zwang. Ich sollte Straßen arbeiten! Da hörte ich auf.

Lieber geh ich auf der Straße!

Denn ich habe nichts von meiner Arbeit! Im besten Fall das Fressen! Ich habe nichts von der Straße, die ich baue, nichts von dem nichts von dem Haus, nichts von der Zentralheizung. Drum arbeit ich lieber nichts!

Ich seh es nicht ein, was ich davon hab!

Ich komm schon so durch!

Jetzt geh ich auf der Landstraße.

Man weicht mir aus.

Nur zu!

In der Früh kam die Post. Meine Frau brachte sie mir.

Denn meine Frau steht immer früher auf, als ich. Wir haben nämlich kein Mädchen.

Wir können uns kein Mädchen leisten. Sie könnte zwar in der Kammer schlafen, aber wir müßten für sie Invaliden-, Krankenkasse, Altersversicherung und Unfallversicherung und Arbeitslosenversicherung zahlen.

Es ist sehr richtig, daß man das alles zahlen muß. Denn Lohn bekommt sie nur wenig. Und es sollen sich nur die ganz Reichen die Dienstboten halten. Hoffentlich gibt es bald keine Dienstboten mehr! Denn das ist das letzte Überbleibsel der Sklaverei.

Wie oft gibt es Prozesse, wo die Weiber die Dienstmädchen mißhandeln! Die Frau eines Bürgers ist immer schlimmer, als der Mann! Es geht Weib gegen Weib! Nein, hoffentlich gibts bald keine Dienstboten mehr!

Ich bin Ingenieur und arbeite an einer Erfindung zur Vereinfachung des Haushaltes. Eine Putzmaschine und dergleichen. Alles wurde erfunden, im Haushalt eigentlich am wenigsten. –

In der Früh kocht meine Frau den Kaffee, ich helfe ihr abends beim Abwaschen. Meine Frau ist brav. Sie bringt mir die Post.

Es waren drei Briefe.

Der erste vom Luftschutzamt. Der zweite von der Winterhilfe.

Der dritte vom Verband der Steuerzahler.

Der erste erzählte uns von den Gefahren des Luftkrieges. Er malte alle Schrecken aus. Der zweite von den armen Leuten. Der dritte, dem gehörte meine helle Empörung!

Es war ein Brief von dem Steuerzahlerverband, der Beiträge einforderte für den Fall eines Krieges.

Ich muß mir eine Gasmaske kaufen.

Ich werde mir schon eine kaufen, aber warum muß ich?

Wenn der Staat solch einen Wert darauflegt, daß der einzelne Volksgenosse am Leben bleibt, soll er doch die Masken liefern! Wir zahlen ja Steuern!

Aber kaufen tu ich sie nicht!

Nein, ich nicht! –

Zwei Tage später läutete es in aller Frühe: eine Frau stand draußen.»Ich komme vom Luftschutzbund«, sagte sie.»Ich möchte einkassieren für die Gasmasken.«

»Ich gebe nichts.«

»Der nächste Krieg wird furchtbar werden«, sagte sie.

»Wir werden es schon sehen!«

Zwei Tage später kam ein Kriminalbeamter.

Es war eine tiefe Nacht, als ich auf den Unbekannten wartete. Über den Wiesen lag der Nebel, aber man konnte ihn nicht sehen, nur riechen, so finster war die Nacht.

Im fernen Dorfe schlug die Uhr halbacht. Jetzt müßte er doch schon hier sein! Wo er nur bleibt?

Ein Auto fuhr vorüber. Ich stellte mich hinter einen Baum und die Scheinwerfer trafen mich nicht. Ich sollte nämlich nicht gesehen werden, daß ich auf den Unbekannten wartete.

Endlich hörte ich Schritte – ein Mann. Ist er es. Ich stand auf der Straße und wartete.

Nein, er war es nicht. Es war der Gendarm.

Als er mich sah, stutzte er einen Augenblick, dann trat er näher und erkannte mich. »Ach, Sie sinds! Was treiben denn Sie da auf der Landstraße mitten in der Nacht?«

»Ich geh nur etwas spazieren«, sagte ich.

»Jaja«, sagte er. »Was soll man denn auch tun? Haben Sies gehört, daß sie heut das Werk stillegen – so gehts dahin! Diese wirtschaftliche Depression bringt uns alle noch um!«

»Und derweil hätt ein jeder zu leben auf der Welt, wenn die Güter ein bisserl gerechter verteilt werden möchten.«

Er sah mich aufmerksam an, er stutzte.

»Also machens mir nur keine Dummheiten«, sagte er. »Denkens es gibt auch noch andere Arbeitslose, Millionen und Sie sind nicht der einzige. Sie könnens auch nicht ändern.«

»Ich allein auch nicht, aber die Millionen schon.«

Er stutzte wieder und drohte mir dann mit dem Finger.

»Sie, Sie«, sagte er und lächelte. »Das sind gefährliche Vergleiche.«

Und dann beugte er sich nah zu mir her:

»Ich kanns ja verstehen, wenn ihr jungen Leut murrt und wenns euch nicht paßt, daß ihr keine Arbeit habt und keine Aussicht, aber machts nur keine Dummheiten, Jugend neigt immer zu Radikalismen – ich, wie ich jung war, da war ich ein Militarist, alles hab ich erobern wollen, dann war ich aber im Krieg, und dann wars anders bei mir –«

»Kriege wirds immer geben.«

»Erinnern Sie sich an den Krieg? Wie alt sinds denn überhaupt?«

»Zwanzig.«

»Na dann warens beim Kriegsausbruch noch nicht da.«

»Ich bin ein Kriegskind.«

»Aha.«

»An den Krieg kann ich mich nicht mehr erinnern.«

»Aber Sie sind ja schon zwanzig, warum sagens, daß Sie neunzehn sind?«

»Bloß so.«

»Komisch. In unserer Jugend haben wir uns älter gemacht und ihr macht euch jünger. Also nichts für ungut und auf Wiedersehen!«

»Auf Wiedersehen, Herr Kommissar!«

»Wiedersehen!«

Ich sah ihm nach.

Ja, jetzt ist alles anders.

In deiner Jugend, Herr Gendarm, hat noch ein jeder zu fressen gehabt. Du konntest auch ein Gendarm werden, aber ich? Ich kann mir ja nichts leisten, keine Unterhaltung und nichts – am liebsten tät ich mich schon manchmal erschießen.

Da klopfte mir jemand auf die Schulter – ich fuhr herum.

Ein Herr stand vor mir mit einer dunklen Brille.

»Parole?« fragte er.

»Schmierseife«, sagte ich.

Aha, das war der Unbekannte.

»Ich wart schon eine ganze Weile, bis Sie sich mit dem Gendarmen ausdischkuriert haben. Was reden Sie denn soviel mit ihm?«

»Er hat mit mir geredet und ich wiegte ihn nur in Sicherheit.«

»Schön«, sagte der Unbekannte. »Hoffentlich kann man Ihnen vertrauen.«

»Na hörens mal!«

»Also gut«, und er zog einen dicken Brief aus der Tasche.

»Von Ihnen weiß es niemand, daß Sie zu uns gehören. Gebens den Brief heimlich dem Bürgermeister. Niemand soll es bemerken, dem Ortsgruppenleiter. Alle Parteimitglieder werden überwacht.«

Dann ging er.

»Gehts bald los?«

»Ja.«

Gottseidank!

Die zweite Revolution

Gestern war Revolution. Endlich! Die Minister wurden eingesperrt, den Verkehrsminister traf der Schlag vor Freude, der Innenminister wurde verprügelt in einem Keller, (Der Kriegsminister war immer schon dabei.) der Ministerpräsident floh über die Grenze. Endlich, endlich!

Es herrscht ein gewaltiger Jubel. Das Volk tanzt auf den Straßen und marschiert hin und her. Überall werden die alten Flaggen zerrissen und verbrannt, die neuen feierlich gehißt.

Das Militär präsentiert der neuen Fahne.

Der Führer hat Tränen in den Augen.

Die alte Frau Hatschmaier hat vor Freude der Schlag getroffen.

Endlich, endlich, hat es das Volk erreicht!

Verschwunden waren die Kasten, die Klassen. Es gab nur ein Volk! Verschwunden die falschen Götter, die Zivilisation!

Man kannte nur eine Nation.

Es gab zwar welche, die sagten, wieso ist das Volk geeint, wieso gibt es Gleichheit und Brüderlichkeit und Freiheit, wo doch manche viel Geld haben und manche nichts?

Sie wurden kurzerhand erschlagen, die dies behaupteten.

Es war einmal ein Soldat

Es war einmal ein Soldat. Er war ein Kind seiner Zeit. Name: Peter XY. Geboren: 7. XI. 1915. Geburtsort: die Haupt- und Residenzstadt. Zuständigkeitsort: ein Dorf. Ständiger Wohnsitz: ohne. Beruf: Kellner. Name des Vaters: Peter XY. Beruf des Vaters: Oberkellner. Name der Mutter: Karoline XY, geborene Z. Wohnsitz der Eltern: Vater gefallen in Galizien Mai 1916. Mutter gestorben an der Grippe Herbst 1919. Statur: mittelgroß, schlank. Haare: dunkelblond. Augen: braun. Mund: regelmäßig. Nase: regelmäßig. Besondere Kennzeichen: keine. Bemerkungen: Kriegerwaise. Vorbestraft wegen Bettelns.

Es war einmal ein Soldat. Er war ein Kind seiner Zeit.

Es gibt gute Zeiten und fette Jahre, aber als unser Soldat geboren wurde, waren die Jahre mager und die Zeiten bös. Es war nämlich Krieg.

Er lag in der Wiege und die Mutter sang:»Flieg Maikäfer, flieg, Vater ist im Krieg –«

Und die Maikäfer flogen um den Apfelbaum und der Vater blieb im Krieg. Da weinte die Mutter die ganze Nacht und hat nie mehr gesungen.

Die Wiesen blühten und die Mutter wurd immer stiller.

Der Sommer kam und im Herbst war der Krieg zu Ende. Die einen siegten, die anderen verloren. Aber der Mutter war das gleichgültig, denn sie hatte ihren Mann verloren.

Sie bekam eine kleine Rente, aber die Rente war zu niedrig, von ihr konnte sie nicht leben. Und ihre Arbeit hatte sie auch verloren, denn nun kamen die Männer zurück und nahmen die Stellen der Frauen ein. Da ging sie ins Wasser. Ihr Name stand in der Zeitung unter der Rubrik»Die Lebensmüden des Tages«. Ja, sie war sehr müde. Es war nur eine kleine Notiz.

Sie wollte das Kind mitnehmen, aber da saß der Schutzengel an der Wiege und sagte »Tu es nicht!« Und die Mutter fragte: »Wirst du denn mein Kind beschützen?« Und da lächelte der Engel: »Wenn mir alle so folgen, wie du, dann ja –«

Die Mutter begriff es nicht, was der Engel sagte, aber sie folgte ihm. Sie ließ das Kind zurück.

Heut sinds zirka zwanzig Jahre her.

Ja, unser Soldat ist ein sogenanntes Kriegskind.

Aber er kann sich an den Krieg nicht mehr erinnern.

Wenn der Soldat heute nachdenkt, an was er sich als erstes in seinem Leben erinnern kann, dann sieht er sich in einem großen Raume auf dem Boden sitzen. Der Boden besteht aus Brettern und er fährt mit dem Finger die Striche entlang. Er weiß nicht, was er tut. Er weiß nur, die Fenster sind hoch, sehr hoch, überhaupt ist alles so hoch, als wär droben der Himmel, als wäre der Plafond der Himmel. Noch ist alles so groß, was die Menschen gebaut haben. Warte nur, es wird schon kleiner! Und er weiß, daß wenn er groß sein wird, daß wenn er bei den Fenstern hinausschauen könnt, dann läg draußen die große Welt. Wie ein böser Hund. Oder ein braves Pferd.

Aber das weiß er alles nicht so genau.

Er weiß nur, daß er fror, wie er so auf dem Boden saß.

Und das stimmte auch. Denn in dem Waisenhaus, wo er heranwuchs, wurde oft nicht geheizt. Nicht, als wollte man sparen, nein – man hatte keine Kohlen. Denn nach dem Krieg gibts oft keine Kohlen. Keine Waggons und die Arbeiter streikten. Und es wurde um die Gruben gekämpft. Denn die Arbeiter meinten, nur durch einen Krieg könnte es dahin kommen, daß es keinen Krieg mehr gibt.

Aber an die Kohlen, die es nicht gab, erinnert er sich nicht mehr.

Heut weiß er nur, daß er fror.

Es ist kalt, das ist seine erste Erinnerung.

Es war einmal ein Soldat. Er war ein Kind seiner Zeit.

Er kannte seine Eltern nicht, ja, er wußte es gar nicht genau, wann er eigentlich geboren worden war, er war nämlich ein Findelkind. Er wußte nur, wann er gefunden worden war. Das ist noch im Weltkrieg geschehen, aber schon ganz am Schluß, wo die Landkarten bereits begannen, sich zu verändern, neue Linien, neue Farben – kurz: wo sich die alten Berge und Felsen neue Kleider anzogen, wo die einen bereits wußten, wir haben gewonnen, und die anderen wußten, wir Sieger sind besiegt. Da gingen die Besiegten nach Haus, verjagten ihre Könige und die Sieger jubelten den ihren zu. Es hätt auch umgekehrt kommen können, aber das war nicht wahrscheinlich gewesen.

Eine Bäuerin fand ihn vor ihrer Türe. Er lag in einer alten Decke und ein Zettel lag auf ihm:»Der liebe Gott beschütze Dich!« Das war alles. Der Schnee fiel lautlos in großen Flocken und man konnte nicht sehen, wer ihn dahingelegt hatte. Es waren alle Spuren verweht. Nur eine Spur war zu erkennen, er war ein Kind armer Leut.

Es gibt gute Zeiten und fette Jahre, aber als unser Soldat geboren wurde, waren die Jahre mager und die Zeiten bös.

Heute sinds schon zwanzig Jahre her.

Jaja, unser Soldat ist ein sogenanntes Kriegskind.

Aber er kann sich an den Krieg nicht mehr erinnern.

Jaja, unser Soldat ist ein sogenanntes Kriegskind. Er kann sich an den Krieg nicht mehr erinnern.

Der Onkel, bei dem er aufwuchs, war ein eingefleischter Junggeselle. Er liebte die kleinen Kinder und konnte die Weiber nicht ausstehen. Auch er ist im Kriege gewesen, aber er hatte unwahrscheinliches Glück. Dreimal wurde er verschüttet, zweimal verwundet, aber man merkts ihm kaum an. Nur manchmal zuckt er ein bißchen.

Wegen dieses Zuckens gabs schon viel Krach, besonders als unser Soldat seinerzeit in die Flegeljahre gekommen war. Da mußte er nämlich immer lachen, wenn der Onkel zuckte, und wenn er lachte, bekam er eine Ohrfeige und dann weinte er, und dann hörte der Onkel auf zu zucken. Aber einmal weinte er nicht und darüber regte sich der Onkel so auf, daß er ganz furchtbar zu zucken begann. Man mußte den Arzt rufen und der Soldat kam aus dem

Haus. Von dieser Zeit ab wollte der Onkel nichts mehr von ihm wissen.

Er kam in die Lehre. Zu einem braven Buchdrucker.

Ob der Onkel ein Sonderling war? Wer weiß!

Ein Soldat der Diktatur

Ich bin Soldat. Und ich bin gerne Soldat.

Wenn morgens der Reif auf den Feldern liegt oder wenn abends die Nebel aus den Wäldern kommen, Tag und Nacht, Frühling und Herbst, Sommer und Winter, ob es regnet oder schneit – immer wieder freut es mich, in Reih und Glied marschieren zu dürfen.

Links und rechts, links und rechts.

Es ist immer einer neben dir und du bist nie allein.

Links und rechts.

Auch wenn du allein auf Wache stehst, auch dann bist du nicht allein, denn du mußt die anderen bewachen und du bist nicht allein, wenn du weißt, wofür du lebst.

Ich bin so glücklich, daß ich Soldat bin!

Ich bin es erst seit einem halben Jahre, aber ich habe schon einen Stern. Und ein kleines silbernes Bändchen. Ich bin schon etwas mehr, wie die anderen.

Denn ich bin der beste Schütze meines Zuges. Ich hab die sicherste Hand und das schärfste Auge.

Oh, wie bin ich glücklich, daß ich Soldat bin! Jetzt hat mein Leben plötzlich wieder Sinn! Ich war ja schon ganz verzweifelt, was ich mit meinem Leben beginnen sollte. Am liebsten war ich ein Bauer geworden, aber dazu braucht man Geld und da ich kein Geld habe, blieb mir doch nichts anderes übrig, als in einem Büro zu sitzen und das wäre doch eine ewige Sklaverei. Nein, nur beim Militär bin ich frei, nur hier habe ich eine Zukunft! Und außerdem ist Militär etwas ähnliches wie Sport – und ich gebe gerne meinen letzten Tropfen Blut hin fürs Vaterland!

Denn ich liebe mein Vaterland und besonders jetzt, da es stark wieder ist und seine Ehre wieder hat.

Es war eine Zeit, da liebte ich mein Vaterland nicht. Es wurde von vaterlandslosen Gesellen regiert und beherrscht, aber jetzt ist es wieder stark und mächtig – ich glaube, ich hatte damals gar kein Vaterland.

Aber jetzt ja! Jetzt soll mein Vaterland wieder mächtig werden und stark! Ein leuchtendes Vorbild, es soll auch die Welt beherrschen.

Wir müssen rüsten. Hier beim Militär habe ich eine Zukunft. Denn es gibt sicher bald einen Krieg, wieder einen Weltkrieg und den werden wir gewinnen und dann werden wir diktieren! Den Frieden!

Der Führer spricht zwar immer vom Frieden, aber wir zwinkern uns nur zu. Der Führer ist ein schlauer, kluger Mann, er wird schon die anderen hereinlegen. Sie sollens nur glauben, daß wir den Frieden wollen, sie sollen nur – wir schlagen dann plötzlich los! Blitzartig!

Es ist schon alles vorbereitet.

Was wissen auch die Anderen schon?! Nichts! Sie wissen gar nicht, wieviel wir sind. Denn wir haben keine Kasernen mehr, wir liegen in Baracken im Wald. Niemand weiß, wo –

Es darf niemand in die Nähe.

Auch die Flugplätze liegen unter der Erde. Kein feindlicher Flieger wird sie finden. Dort liegen die Flugzeuge, die schweren Bomber auch. Und täglich gibts neue Erfindungen.

Es darf niemand in die Nähe.

Wer es verrät, darüber spricht, der wird erschossen. Und dem geschieht recht. Denn das ist Landesverrat.

Ja, wir sprechen von dem Frieden – aber das ist alles Quatsch! Gewalt geht vor Recht!

Wir sind eine harte Generation, wir lassen uns nichts vormachen!

Mein Vater sagt immer:»Hoffentlich kommt kein Krieg mehr« –

Unsinn!

Hoffentlich ja!

Und ich sage ihm: glaubst du denn nicht, daß all die Bürohocker begeistert mitzögen, wegen der Frau loswerden und so, alle Möglichkeiten –

Er sagt: Ja, die sich nicht mehr erinnern können!

Ich sage: Die sich erinnern können, die zählen eh nicht mehr, die sind ja alle schon alt! Tröste dich, du kommst nicht mehr dran und wegen mir mußt du dir keine Sorgen machen!

Er sagt: Du bist noch naß hinter den Ohren!

Ich bin am 5. November 1915 geboren.

Ich bin ein Kriegskind. Aber ich kann mich an den Weltkrieg nicht mehr erinnern.

Der Vater aller Dinge

Ich bin Soldat.

Und ich bin gerne Soldat.

Wenn morgens der Reif auf den Feldern liegt und wenn abends die Nebel aus den Wäldern kommen, Frühling und Herbst, Sommer und Winter, ob es regnet oder schneit, Tag und Nacht – immer wieder freut es mich, in Reih und Glied zu stehen.

Jetzt hat mein Leben plötzlich wieder Sinn! Ich war ja schon ganz verzweifelt, was ich mit meinem Leben beginnen sollte. Die Welt war so aussichtslos geworden, so ganz ohne Zukunft, und die Zukunft so tot. Ich hätt es zwar schon gewußt, was ich hätt werden wollen, aber dazu hätt ich Geld gebraucht, ein Anfangskapital – nicht viel, nur wenig, aber immerhin Geld und dann hätt ich mir schon eingerichtet, mein Leben. Am liebsten wär ich Bauer geworden oder Verwalter auf einem Gut. Ich bin zwar in der Großstadt geboren, aber die Stadt gefällt mir nicht, und ich liebe das Land. Ich weiß zwar nicht, ob ichs am Land immer ausgehalten hätte, so ohne Kino, ohne Café, aber ich hatte halt die Sehnsucht darnach, denn in der Stadt ohne Geld ist es dreifach schwer. Und dann hat ein junger Mensch meiner Generation gar keine Aussicht, etwas werden zu können, er findet ja gar keinen Posten, so ist es mir gegangen. Ich habe die Buchdruckerei erlernt, und wie ich fertig war, stand ich da. Und es war keine Aussicht, etwas zu bekommen, und auch keine, daß es anders, besser wird. Es gibt immer weniger Zeitungen, es wird immer weniger gelesen, das macht der Sport. Die Leut treiben Sport, statt zu lesen, das ist nun mal unsere Welt. Ich kann es begreifen, daß man nichts liest. Es ist fad und geht einen nichts an. Wenn in einem Roman drin stehen würde, wo Du einen Posten bekommst, dann würd jeder lesen, aber es stehen nur so fade Liebesgeschichten drin oder Expeditionen, in ferne Länder, wo Du dann vor Sehnsucht vergehst. Aber selbst, wenn man eine Stelle hätte, was wäre dann? Es wär Tag für Tag das gleiche, immer im Büro sitzen, und Du weißt schon, was Du verdienst, wenn Du siebzig wirst. Vorausgesetzt, daß das Büro nicht pleite geht. Nein, das ist alles keine Zukunft! Da schlaft man ein bei seinem eigenen Leben! Das kann alles nur durch etwas Großes anders werden, durch ein großes Ereignis. Zum Beispiel durch einen Krieg.

Erst unlängst sagte der Hauptmann:»Der Krieg ist der Vater aller Dinge.« Und er hat recht. Natürlich im übertragenen Sinn.

Mein Vater hat nämlich gar nicht recht, wenn er auf den Krieg schimpft, nur weil er im Weltkrieg in Kriegsgefangenschaft geraten ist. Früher, wie ich noch bei meinem Vater gewohnt hab, da haben wir uns oft gestritten. Er sagte immer:»Hoffentlich gibts keinen Krieg mehr!« Unsinn! Hoffentlich gibts bald einen! Kriege wirds immer geben, mein Vater ist ein leibhaftiger Pazifist und wenn er nicht mein Vater wär, dann hätt ich ihn schon ein paar Mal angezeigt, weil er gar so schimpft über die Generäle. Ich habs ihm auch mal gesagt, daß ich ihn anzeigen werd, aber da ist er sehr bös geworden.»Zeig mich nur an!« schrie er.»Was redest denn du übern Krieg?! Du kannst dich doch an den Weltkrieg gar nicht mehr erinnern!«»Tröste dich nur«, sagte ich,»die, die sich erinnern können, die zählen eh nicht mehr, die sind ja schon alle zu alt! Hab nur keine Angst, du kommst eh nimmer dran!«»Eine Frechheit!« plärrte mein

Vater. »Das wagst du mir? Ich hätt Angst, wo ich drei Mal verwundet worden bin, ein Mal verschüttet, zwei Jahr in der Gefangenschaft?! Du gemeiner Schuft, liderlicher!« Er wollte mir eine herunter hauen, aber ich bin rasch weg, denn ich hab mich nicht hauen lassen. Das war vor drei Jahren, damals war ich siebzehn. Ich hab ihn noch im Treppenhaus schreien gehört, er hat einen Stuhl zur Erde gehaut, das tut er immer, wenn er wütend ist. Ich warte schon darauf, bis der Stuhl kommt. Dann schwellen ihm die Adern an und er brüllt. Dann geh ich fort. Ich mag ihn nicht. Er gehört zu der Generation, die unser Land, ja die ganze Welt ins Unglück gebracht haben. Wie er jung war, hat er genug Stellungen gehabt. Er hat auch Aussichten gehabt, aber wir, das heißt: ich? Nichts. Keine Aussicht, ich kann auch in kein Land. Alles hat diese Generation verpatzt. Es war noch zu wenig für ihn, diese Kriegsgefangenschaft. Sie hätten ihn noch ein bisserl behalten sollen. Nein, ich mag meinen Herrn Papa nicht! Ich kann ja in kein anderes Land, überall Not und Arbeitsbewilligung! Und das ist ja schlimmer als der Krieg. Im Krieg hättest Du wenigstens Aussichten, da ist alles unvorhergesehen, es stimmt schon: »im Felde, da ist der Mann noch was wert«. Aber diese Generation ist verschwommenen, blöden Idealen nachgehängt, sie haben die Welt ruiniert, und habens nicht erfaßt, daß man nicht denken, sondern handeln muß. Und es gibt nur das eigene Nest, ob es mir gut geht, meinem Volk, meinem Vaterland! Was gehen mich die anderen an?! Da gründen sie Vereine für Unterstützung der Ausländer, Quatsch! Hoffentlich gibts bald einen Krieg, jawohl: hoffentlich! Da gehe ich gerne mit! Ich schon, ich bin noch jung und will was haben von meinem Leben! Ich will nicht ein ganzes Leben über in einem Büro sitzen! Ich hasse das bequeme Leben! Ich bin ein Kriegskind, geboren am 5. November 1915, aber ich kann mich an den Weltkrieg nicht mehr erinnern. Ich will auch nicht. Der nächste Krieg wird anders, ganz anders. Das wird ein Vernichtungskrieg, einer wird ausgerottet werden und dieser eine wird nicht wir sein. Garantiert!

»Angetreten!« kommandiert der Vizeleutnant.

Wir treten an. In Reih und Glied. Es klappt alles haargenau. Scharf und scharf. Ich bin ja jetzt auch schon ein halbes Jahr dabei und hab bereits einen Stern. Ich bin Gefreiter geworden. Erstens, weil ich gut schießen kann, zweitens weil ich sehr ausdauernd bin. Außerdem gefalle ich unserem Hauptmann.

Unser Hauptmann ist ein feiner Mensch. Wir lieben ihn alle. Er ist sehr gerecht und ist wie ein Vater, der einem auch etwas gibt. Er schreitet die Front ab und sieht genau nach, er ist sehr für Ordnung, aber wir haben das Gefühl, daß er uns liebt, jeden einzelnen extra. Er schaut nicht nur darnach, ob alle Ausrüstung richtig sitzt, nein, er sieht durch die Ausrüstung durch in unsere Seele. Das fühlen wir alle.

Er lächelt selten, aber lachen hat ihn noch keiner gesehen. Er hat manchmal traurige Augen. Aber dann kann er auch wieder ganz scharf schauen. Und streng. Man kann ihm nichts vormachen. So wollen wir auch mal werden. Wir alle.

Da ist unser Oberleutnant ein ganz anderes Kaliber. Er ist zwar auch gerecht, aber er kann leicht jähzornig werden oder vielleicht ist er auch nur nervös. Er ist nämlich sehr überarbeitet, weil er in den Generalstab hineinmöcht und da lernt er Tag und Nacht. Er steht immer mit einem Buch in der Hand und liest und lernt.

Dagegen ist der Leutnant eigentlich für uns kein Offizier. Er ist höchstens ein Jahr älter, wie wir, also so dreiundzwanzig. Und manchmal ist er unsicher, dann möcht er schreien, aber er traut sich nicht recht. Wir lachen oft heimlich über ihn, aber wir folgen natürlich. Er ist ein großer Sportsmann und der beste Hundertmeterläufer. Wirklich gediegen! Er läuft einen prächtigen Stil.

Wir sind alle sehr für den Sport. Nur der Feldwebel hat das Exerzieren lieber, aber neulich hat er sich doch so aufgeregt, wie unser Regiment gegen die Artillerie im Fußball gewonnen hat, daß er ganz weiß war. Er hat sich ganz vergessen und hat den Unteroffizier umarmt. Seither ist er auch mehr für den Sport, den sportlichen Gedanken.

»Abzählen!« kommandiert der Feldwebel.

Wir zählen ab.

»1, 2, 3, 4, 5, 6, –« Undsoweiter.

Ich bin Nummer vierzehn. Von rechts, von den größten her. Der Größte ist einsachtundachtzig, der Kleinste einssechsundfünfzig, ich bin ungefähr einssechsundsiebzig, gerade die richtige Größe, nicht zu groß, nicht zu klein. Ich möcht auch nur so die normale Größe haben. So äußerlich gesehen gefall ich mir ja.

Neulich hab ich mich lang in den Spiegel geschaut, denn es ist mir plötzlich aufgefallen, daß ich gar nicht genau weiß, wie ich aussehe, ich kenne gar nicht genau meine Nase und meinen Mund. Ich hab mir gefallen. Ich hab mich auch im Profil betrachtet und zwar mit zwei Spiegeln, bis der Feldwebel hereingekommen ist und gefragt hat:»Was ist? Bist du eine Primadonna? Betrachtet sich im Spiegel wie eine alte Badhur!« Dann hat er mir den Spiegel aus der Hand genommen und hat sich selber betrachtet.»Männer müssen nicht schön sein«, hat er dabei gesagt,»Männer müssen nur wirken, insbesondere aufs gegenteilige Geschlecht!« Ich hab ihn mir angeschaut und hab mir heimlich gedacht, melde gehorsamst, aber du wirkst sicher nicht. Plötzlich dreht er sich mir zu und fragt mich:»Kennst du Kitty?«»Wer ist Kitty?« frage ich.»Du kennst sie also nicht?«»Nein.«»Dann freu dich«, sagte er und verläßt den Saal.

Was ist mit dieser Kitty?

Am Abend frage ich den Karl, der neben mir liegt.»Kennst du eine Kitty?«»Ich nicht«, sagte er,»aber der Hans der Rote kennt sie«, er grinst.»Es war ihm sicher lieber, wenn er sie nicht kennen würde. Sie ist die Tochter der Greislerei und kriegt ein Kind.«»Von wem?«»Das ist es ja grad: sie gibt den Roten an, aber der weiß, daß noch andere dabei waren. Und jetzt hat der Hauptmann die Sache in die Hand genommen, er sagt, er duldet sowas nicht, ein Soldat muß ehrlich dafür einstehen, und wenn es mehrere waren, dann müssen eben mehrere zahlen!«»Ich versteh den Hauptmann nicht«, sagte der Franz,»wieso kommen Unschuldige dazu darunter zu leiden? Da läuft einem so ein Weibsbild nach und am Schluß hat sies Kind gar noch von einem Zivilisten! Verstehst du das?« fragt er plötzlich mich, wendet sich.

»Ich muß mirs erst überlegen«, sage ich.»Der Hauptmann ist ein gerechter Mann und er wirds schon wissen, wenn uns jetzt auch nicht gleich die Motive einfallen.«

»Aus bevölkerungspolitischen Gründen muß natürlich so ein Kind richtig erzogen werden, das ist klar, aber da sollte der Staat dafür eintreten. Wie komm ich dazu?«

»Das sind Ausreden«, sagt der eine. »Hättest halt achtgegeben!«

»Ich hab schon achtgegeben, aber sie hat nicht achtgegeben!«

»Man sollte ein Kind nur dann in die Welt setzen, wenn man es wirklich ernähren kann. Mein Vetter hat geheiratet, die haben gespart, sind in kein Kino und nichts, und wie sie so viel Geld gehabt haben, hat er zu ihr gesagt, so Luise, jetzt gehts auf. Dann hat er ihr ein Kind gemacht. Man muß Verantwortungsgefühl haben.«

Am nächsten Morgen hat der Hauptmann beim Appell eine Rede gehalten. Er hat gesagt, das wäre eine Schweinerei und eines Soldaten unwürdig. Gesetzlich sagte er, müßte keiner was zahlen, aber moralisch ja, es gibt noch ein anderes Gesetz und das müsse ein jeder Soldat befolgen. Er brachte es soweit, daß die vier sich einigten und zahlten. Es blieb ihnen nichts anderes übrig.

An diesem Tage rückten wir auf acht Tage aus zu einer kleinen Übung. Der Sommer war heiß und wir lagen mit unseren schweren Maschinengewehren auf einem verdorrtem Felde. Gut in Deckung.

Es hatte schon seit Wochen nicht mehr geregnet und die ganze Ernte war verdorrt. Die Bauern klagen, aber tröstet Euch nur. Wir können uns noch nicht selber ernähren, wir müssen autarkisch werden und uns darnach strecken, denn finstere Gewalten sind gegen uns gerichtet und hindern, daß unser Volk frei und glücklich wird, hindern seinen Platz an der Sonne. Aber tröstet Euch, Ihr Bauern, wir werden bald alles haben, große fruchtbare Ebenen, wo alles wächst. Dort werden wir uns ausbreiten und ansiedeln. Und dann wird jedes Kind etwas haben und um keines muß mehr gestritten werden, auch die Kitty kann hundert Kinder haben, denn dann können wir uns das leisten. Jeder wird Raum haben!

Wir liegen jetzt im Staub und haben Durst.

Wir müssen die Straße, die dort unten zieht, beherrschen.

Es ist Sommer, ein heißer Sommertag und wir liegen mit unseren schweren Maschinengewehren auf einer verdörrten Wiese. Gut in Deckung.

Es hat schon seit Wochen nicht mehr geregnet und die ganze Ernte ist verdorrt.

Die Bauern klagen, aber tröstet Euch nur: bald werden wir große fruchtbare Ebenen haben, wo alles wächst: im Osten. Dort werden wir uns ausbreiten und ansiedeln.

Wir liegen im Staub und haben Durst.

Es sind kleine Manöver.

Wir müssen die Straße, die dort unten vorbeizieht, beherrschen.

Auf der Straße kommen zwei radfahrende Mädchen. Sie sehen uns nicht, wir hören ihr Lachen. Sie schieben die Räder aufwärts, dann wieder setzen sie sich aufwärts und fahren hinab.

Plötzlich halten die beiden, und die eine hält beide Räder. Dann geht die andere in das Unterholz. Wir schauen alle hin, sehen aber nichts. Der Hauptmann lächelt, der Feldwebel grinst. Wir auch.

Dann fahren die beiden Mädchen die Straße hinab. Fröhliche Fahrt! meint der Hauptmann.

Jetzt surrt es auf dem Himmel. Das Mädchen blickt empor.

Es ist ein Flieger.

Wir schauen auch hinauf. Er kann uns nicht sehen, denn wir sind gut gedeckt, mit Laub und Zweigen.

So ein Flieger hats gut, meint der Eine. Ein Flieger hat nie Durst.

Und ich denke, ja so ein Flieger ist die bevorzugte Truppe des Vaterlandes. Die Flieger haben die schönsten Uniformen, die schönsten Autos, die teuersten.

Von ihnen wird am meisten gesprochen. Sie sind die jüngste Truppe.

Aber auch wir sind jung, aber von uns wird nicht so viel gesprochen. Wir sind zu viele. Wir liegen da und müssen marschieren, werden voll Staub und Dreck, das ist freilich nicht so elegant. Wir sind ja noch nicht einmal motorisiert, zwar sind wir schon motorisiert, aber trotzdem! Wer ist das heutzutag nicht!

Die Flieger sind überhaupt furchtbar eingebildet. Ihr General war im Weltkrieg ein berühmter Kampfflieger, er hat 24 abgeschossen.

Überhaupt bei den Fliegern sind alle jung, so einen Alten, wie den Hauptmann, der jetzt hinter mir steht, gibt es gar keinen.

Aber es muß sich erst herausstellen, ob die Flieger wirklich im Krieg so viel taugen, ob sie wirklich einen Krieg entscheiden können, wie sie es sich einbilden, daß sie einfach über einer Stadt erscheinen und sie zusammenschießen und daß wir Infanteristen eigentlich überflüssig sind.

Der Hauptmann sagt immer, wir sind es nicht. Und er glaubt, daß im Krieg doch nur die Infanterie entscheiden wird.

Wir wissen es nicht, wir werdens ja sehen.

Nein, ich mag die Flieger nicht!

Sie sind so eingebildet – erst unlängst wieder, wie die angegeben haben, als wären wir ein Dreck und sie die oberste Garde!

Und die Mädchen sind auch so blöd, sie wollen nur einen Flieger!

Das ist ihr höchster Stolz!

Nein, ich mag die Flieger nicht!

»Um Gottes Willen!« ruft der Hauptmann.

Was gibts?!

Er blickt auf den Himmel –

Ich sehe hin – dort, der Flieger. Er stürzt ab.

Warum? Die eine Tragfläche hat sich gelöst.

Jetzt stürzt er ab.

Mit einem langen Rauch hinterher.

Wir starren alle hin.

Und es fällt mir ein: »Komisch, hab ich nicht gerade gedacht: stürz ab!«

Der Gedanke läßt mich nicht mehr los.

»Es sind sicher fünf Kilometer von uns«, meint der Hauptmann. »Mit denen ists vorbei.«

»Es waren zwei Mann«, sagte einer.

»Ja«, sagt der dritte.

Wir waren alle aufgesprungen.

»Deckung!« schreit jetzt wieder der Hauptmann. »Deckung! Ihr könnt denen so nicht mehr helfen, die macht keiner mehr lebendig!«

Der abgestürzte Flieger blieb in meiner Seele.

Als wir abends das Dorf erreichten, in dem wir einquartiert lagen. Abends in der Kaserne beim Essen saß der eine neben mir und sagte: »Gib mir was von deinem Fleisch!« Der andere: »Nein«, darauf läßt er es fallen. »Du hast es mir nicht vergönnt«, sagte er.

Da fiel mir der Flieger wieder ein.

Und ich sagte: »Glaubt ihr an die Magie der Gedanken?«

Sie sahen mich groß an. »Ja«, sagte der eine, »das ist schon möglich, daß wenn einer dem anderen was Böses wünscht, daß das in Erfüllung geht. Ich hab mal gelesen, daß man das die schwarze Magie nennt.«

»Es sind Strahlungen und da kennt man sich noch nicht so aus.«

Das verwunschene Schloß

Es ist Sonntag und wir haben frei. Von zwei Uhr Nachmittag, von vierzehn bis zweiundzwanzig Uhr. Nur die Bereitschaft bleibt zurück. Gestern bekam ich meinen zweiten Stern und heute werde ich zum ersten Mal mit zwei Sternen am Kragen ausgehen. Der Frühling ist nah, aber er ist noch nicht da. Doch es weht eine laue Luft und nachts konzertieren die Katzen. Die Straßen der Stadt sind leer, jetzt essen die Leute oder schlafen.

Ich gehe mit drei Kameraden. Wir haben weiße Handschuhe an. Wohin? Zuerst gehen wir in ein Cafe und trinken einen Kaffee. Wir lesen die Zeitung und die Illustrierten. Dann sagt der eine: gehen wir doch auf die Wiese! Die Wiese ist ein Rummelplatz mit Karussels, Ausrufern, in der Straße. Sie ist sehr lang und wird immer breiter. Da stehen Karussels und Schießbuden und kleine dressierte Affen und große Affen und Hunde spielen Theater und Wahrsagerinnen und Abnormitäten. Und ein Hippodrom ist da und Tanzpaläste. Und ganz unten steht das verwunschene Schloß. Wir wissen nicht, was wir tun sollen und schießen. Wir treffen ins Schwarze und das Fräulein, das unsere Gewehre lädt und einkassiert, lächelt uns respektvoll und einladend an. Meine Kameraden lernen zwei Mädchen kennen beim Tanzen, aber mir gefallen sie nicht. Denn ich bin anspruchsvoll. Sie sind mir nicht hübsch genug. Ich will aber meinen Kameraden nicht im Wege stehen und trenne mich von ihnen. Ich gehe ins Hippodrom. Dort reiten schöne Mädchen. Man sieht die Stelle zwischen Strumpf und Rock. Ich habe diese Stelle an den Mädchen ehr gerne. Überhaupt glaube ich, daß diese Stelle jeder Mann gerne hat. Ja, es wären schon zwei hübsche Mädchen da, aber sie sind für mich nichts. So viel Geld hab ich nicht, denn die müßt man einladen undsoweiter. Ich gehe also weg. Auf die zwei Sterne geben die nichts, sie haben schöne Schuhe an und die eine hat ein goldenes Armband. Da steh ich jetzt mit den weißen Handschuhen. Traurig etwas geh ich die Straße weiter und wandel zwischen den Abnormitäten.

Es ist Frühling und es dämmert, die Lichter entflammen rot und gelb und blau. Die Musik tönt aus den Buden und ich schreite einher. Die Luft ist lau. Und ich denke plötzlich, daß diese Männer mit den Mädchen auch zu meinem Volke gehören – natürlich! Und auch dafür hab ich geschworen zu fallen – und die Abnormitäten gehören auch zum Volk, nein, ich will nicht weiter denken! Durch das Denken kommt man auf ungesunde Gedanken. Das sind alles Probleme, die Reichen, die Weiber, die Abnormitäten, durch die man nicht hindurch sieht. Wir einfachen Sterblichen nicht, aber der Führer wirds schon richtig machen.

Ihm gehört meine ganze Liebe und nicht den Weibern. Überhaupt kommts auf die Weiber nicht an. Sie befinden sich dem Krieger gegenüber nur in einer Hilfsstellung.

Aber es war doch schön eine schöne Frau – und ich denke an die Frauen, die ich hatte. Ich kaufe mir ein Bier und zähle sie zusammen. Wie viele warens denn bisher? Nicht viel, nur dreizehn. Davon zwei auf länger. Die eine die Frau eines Vertreters, er war ein Liberalist, ein widerlicher. Die zweite – ja, ich hatte noch nicht die richtige.

Aber es muß auch die richtige geben, wo alles selbstverständlich ist, wo die Seele und der Leib zusammenpaßt. Gibt es das überhaupt? Oder gibt es das nur im Märchen?

Und wie ich so weiter gehe, komme ich zu dem verwunschenen Schloß, mit seinen Giebeln und Türmen und Basteien. Es hat vergitterte Fenster und die Drachen und Teufel schauen heraus. Ein Lautsprecher gibt einen feinen Walzer von sich, eine alte Musik, und dann wird sie immer unterbrochen durch Gelächter und Gekreisch.

Aber ich kenne das schon. Es ist eine Platte, das Gelächter und das Gekreisch, die Angst und die Freude, sie sind nicht echt. Sie werden verstärkt, um anzulocken, Angst und Freude.

Ein monotones Geräusch tönt aus dem Hause. Aha – das sind Maschinen. Die treiben die Laufteppiche, ich kenne das schon. Nein, da geh ich nicht hinein. Das ist zu blöd. Das ist so blöd, daß es nur was ist, wenn man nicht allein ist. Es ist eine Gesellschaftsunterhaltung. Und überhaupt mit den weißen Handschuhen. Da fall ich hin und sie werden schwarz.

Ich will weiter, da blicke ich nach der Kasse, ganz automatisch. Im ersten Augenblick halte ich, dann mache ich noch zwei Schritte weiter. Und halte wieder. Wer sitzt dort an der Kasse? Sie sitzt regungslos, es ist eine Frau, eine junge Frau. Sie sitzt so starr, als wär sie eine Wachsfigur. Sie ist auch so wächsern oder ist es nur das Licht? – nein, doch nicht. Sie hat große Augen, aber die seh ich nicht gleich. Ich sehe zuerst ihren Mund. Aber was red ich da? Ich weiß es nicht, was ich zuerst sah! Ich weiß nur, daß ich plötzlich stehen blieb, als wär ich plötzlich vor einer Wand gestanden, vor einem Hindernis, aber dann bin ich durch, ich wollte weiter, und bin gestolpert, und bin wieder stehen geblieben.

Sie sah mich an. Es war ein ernster Blick, fast traurig. Und ich sah sie an. Und aus dem Lautsprecher tönte der leise Walzer und dann kam ein Schrei.

Jetzt sah sie weg. Sie nahm ihren Bleistift und schrieb. Aber ich wußte es, daß sie nichts schrieb. Sie tat nur so, sie wollte mich nicht mehr sehen.

Ich ging weiter. Dort war ein Stand und ich kaufte mir Eis. Aber ich mag gar kein Eis. Warum kaufte ich es mir?

Da stand ich und schleckte das Eis. Ich sah hinüber aufs verwunschene Schloß. Sie sah mich an und lächelte und schrieb wieder weiter. Nein, sie schrieb nicht, sie zeichnete.

Ich beobachtete sie. Sie hatte ein schönes Profil und es fiel mir auf, wie zart daß sie aussah. Sie sah so fein aus und prüde und doch ist sie eine Sau, ging es mir durch den Sinn.

Als ich das Eis fertig hatte, konnt ich noch immer nicht fort. »Noch ein Eis?« fragte mich die Verkäuferin. »Ja«, sagte ich. Und dann hatte ich wieder eines in der Hand.

Ich sah, daß sie lächelte.

Warum lächelt sie? Weil ich da steh und das Eis schleck? Ich wollte das Eis auf die Erde hauen, da tauchte ein Offizier aus der Finsternis auf. Ich salutierte. Einem Offizier muß man salutieren. Das Eis hielt ich in der Hand.

Jetzt lachte sie, aber ich hörte keinen Ton. Die Jahrmarktsmusik übertönte es. Ich sah es nur. Sie hatte schöne Zähne und es fiel mir auf, daß sie einen schönen Busen hatte, er stand so schön ab.

Ich muß sie sprechen, dachte ich. Und ich werde jetzt einfach ins verwunschene Schloß gehen, denn ich weiß es nicht, will sie mich haben oder nicht? Mag sie mich oder nicht?

Ich trat an die Kasse und sagte: »Ein Billet«. »Für Militär«, sagte sie ganz sachlich und sie fügte hinzu: »Sie haben Glück, denn ich wollte gerade zusperren.«

»Schon?« sagte ich. »Es ist doch noch früh und alles ist voller Leut!«

»Ja, das schon«, sagte sie, »aber es kommt doch niemand. Die Geschäfte gehen schlecht.«

»Bei dem allgemeinen wirtschaftlichen Aufschwung? « fragte ich.

»Das tut nichts zur Sache«, sagte sie. »Das verwunschene Schloß ist unmodern.«

»Dann fangens doch was anders an!«

»Um etwas anderes anzufangen, dazu braucht man Geld«, sagte sie und gab mir die Karte.

Ich ging hinein. Ein Skelett salutierte. Dann kam ein Antrieb. »Au!« schrie ich und verstauchte mir meinen Fuß.

Sie kam.

»Um Gotteswillen!« sagte sie. »Sagen Sie nur niemand, daß Sie sich hier bei uns den Fuß verstaucht haben! Sonst kommt noch die Polizei! Und das ist kaputt, stimmt! Und ich bin schuld! Aber Sie werden ja sowieso umsonst behandelt!«

»Und die Schmerzen?«

»Die Schmerzen?« Sie sah mich an. »Es hat jeder seine Schmerzen«, sagte sie.

Sie stand neben mir. Ich saß auf dem Boden.

Sie blickte auf mich herab.

Ich umarmte ihre Beine, aber unter dem Rock.

»Was machst du da?« fragte sie. »Warum sagt sie ›Du‹ zu mir?« dachte ich. Und ich hob ihren Rock. »Das kann ich auch«, sagte sie und hob ihren Rock bis über die Knie. Ich gab ihr einen Kuß oberhalb des Strumpfes und wunderte mich, daß sie sich nicht wehrte.

»Du wunderst dich?« fragte sie plötzlich.

»Wieso?«

»Weil ich mich küssen lasse«, sagte sie.

Ja, ich wundere mich.

Ich komme ins Lazarett.

Sie besucht mich.

Ich hab Ausgang. Ich bleibe mit ihr die Nacht im Schrebergarten. Und es ist, als wären wir auf einem Unterkunftshaus und draußen sind die großen Gletscher.

»Das ist mein Besitz«, sagte sie. »Meine Eltern sind tot.« Sie erzählt von ihren verstorbenen Eltern, von ihrem Vater, der sie ruft. Er hat einen großen Schnurrbart, ihr Vater.

Sie erzählt von ihrem Verlobten, der hat Abnormitäten.

Sie sagt: »Wenn du dir nicht das Bein verstaucht hättest, wären wir schon früher so beisammen.«

Und mir ist einen Moment lang, daß ich alles vergesse. Die ganze Welt.

»Bist du müde?« fragte sie.

»Nein«, sage ich.

»An was denkst du?« – »An nichts!«

Aber das ist nicht wahr. Ich denke an die Kaserne. An das Postenstehen.

Warum habe ich gelogen?

»Du denkst doch an was?« fragt sie.

»Ja«, sage ich. »Ich denke an nichts.«

Sie wendet sich ab. Aber ich halte sie fest. Und dann schlafen wir ein.

Ich komme in der Früh nach Haus. Rapport beim Hauptmann. Der Hauptmann, als er erfährt, daß ich bei einem Mädchen war, sagt:»Raus!« Der Hauptmann ist ein feiner Mensch.

Das Vaterland ruft und nimmt auf das Privatleben seiner Kinder
mit Recht keine Rücksicht

Wenn ich es wüßte, wie sie heißt, dann würde ich ihr einen Brief schreiben. Ich würde ihr schreiben, daß ich am Sonntag gern gekommen war, aber es hat nicht sollen sein. Den Grund dürfte ich ihr nicht sagen, denn den darf ich niemand sagen, darauf steht der Tod. Wir wissen es selber nicht genau, wir wissen nur, es geht los. Heut Nacht fahren wir ab, das ganze Regiment, feldmarschmäßig und niemand weiß wohin. Wir können es uns schon denken, an welche Grenze. Aber jeder hütet sich, den Namen des Landes auszusprechen.

Ich würde ihr gerne schreiben, daß es mir leid tut, sie nicht zu sehen, am Sonntag, aber wir müssen ja schon am Freitag weg.

Es gibt wichtigere Dinge, als das verwunschene Schloß.

Es geht los.

Und ich möchte ihr schreiben, daß wir uns wiedersehn.

Ich will sie nicht vergessen.

Einst, wenn die Zeit, in der wir leben, vorbei sein wird, wird es die Welt erst ermessen können, wie gewaltig sie gewesen ist.

Arm sind alle Worte, um den Reichtum der Rüstung zu schildern, in der unsere Sonne erglänzt. Und der Mond hinkt ihr nicht nach.

Tag und Nacht, Ihr Geschwister der Ewigkeit, sagt mir, wie gefällt Euch unsere Zeit?

Einst, wenn die Zeit, in der wir leben, vorbei sein wird, wird es die Welt erst ermessen können, wie friedliebend sie gewesen ist.

Denn wir lieben den Frieden, genau wie wir unser Vaterland lieben, nämlich über alles in der Welt. Und wir führen keine Kriege mehr, wir säubern ja nur.

Wir befreien alle fremden Völker –

Wir befreien sie von sich selbst.

Wir stellen sie an die Wand.

Wir säubern, wir säubern –

Seht, wie die morschen Schiffe mit den Flaggen des Mitleids in allen Farben des Regenbogens versinken im brausenden Meere der Kraft!

Seht die siegreiche Flotte mit der schwarzen Standarte der Unerbittlichkeit!

Hört das Kommando des historischen Augenblicks:

Säubert, bis die Sonne auf unsere Ehre scheint!

Säubert, bis wir im toten Lichte des Monds unseren Platz an der Sonne erobert haben!

Säubert!

Einst, wenn die Zeitungen über unseren Kampf wirklichkeitsgetreu berichten dürfen, dann werden sich auch die Dichter des Vaterlandes besinnen.

Der Genius unseres Volkes wird sie überkommen und sie werden den Nagel auf den Kopf treffen, wenn sie loben und preisen, daß wir bescheidene Helden waren.

Denn auch von uns biß ja so mancher ins grüne Gras.

Aber nicht mal die nächsten Angehörigen erfuhren es, um stolz auf ihr Opfer sein zu können.

Geheim waren die Verlustlisten und blieben es lange Zeit.

Nur unerlaubt sickerte es durch, unser Blut –

Einst, wenn das sickernde Blut der Zensur keine wirtschaftspolitischen Schwierigkeiten bereitet, dann wird sich die Propaganda der Verlustlisten bemächtigen.

Und dann, dann bekommen auch wir unser Heldendenkmal.

Es wird enthüllt.

Der unbekannte Säuberer.

Begleitet von einer Lichtgestalt.

Einer Lichtgestalt aus bombensicherem Beton mit strengen Flügeln aus Stahl.

Ihre Augen sind nach innen gekehrt.

Sie sieht nur sich.

Ihre Flügel rauschen, Tag und Nacht –

Ihr Bild hängt in allen Auslagen, in jedem Saal, in jeder Kammer, jedem Stall –

Und darunter steht:

»Heiliger Egoismus, hilf uns armen Sündern in der Stunde unseres Meuchelmordes – Amen!«

Einst, wenn wir in den Schulbüchern stehen werden, damit uns die Lehrer ihren Schülern unterrichten, dann werden auch wir zum Märchen. Und Großmutter wird uns ihren Enkelkindern erzählen, auf daß sie so werden, wie wir gewesen sind.

Tag und Nacht, Ihr Geschwister der Ewigkeit, sagt mir, wie gefällt Euch unsere Zeit?

Fühlt Ihr Euch nicht erhöht durch unsere Taten?

Ihr könnt stolz auf uns sein!

Wir bombardieren die Gestade einer überlebten Tugend.

Schießt das Zeug zusammen! Feuert! In Schutt und Asche damit, bis es nichts mehr gibt, nur uns!

Denn wir sind wir.

Feuert!

Matrosen der Macht!

Setzt Eueren Fuß auf Land, das Euch nicht gehört! Steckt alles ein, raubt alles aus! Gebt keinen Pardon, denn es braucht keiner zu leben, wenn er Euch nichts nützt!

Machet Euch das Vergewaltigte Untertan und vermehret Euch durch Vergewaltigung!

Mit eiserner Stirne sollt Ihr das fremde Brot fressen –

Gedeihet nach dem Gesetz der Gewalt!

Säubert!

Variationen über ein bekanntes Thema

Im Tal brennen die Dörfer.

Sie stehen in Flammen, umgeben von einer wilden Bergwelt.

Bravo, Flieger! Obwohl ich Euch persönlich nicht riechen kann, muß mans doch der Gerechtigkeit halber anerkennen: Ihr habt ganze Arbeit geleistet!

Mit den Augen der Falken habt Ihr alles erspäht.

Mit der Witterung des Wildes alles aufgespürt –

Eine prächtige Meute!

Nichts ist Euch entgangen, auch wenn sichs noch so sehr den Bodenverhältnissen angepaßt hat.

Nichts habt Ihr übersehen, auch wenn das Rote Kreuz noch so grell sichtbar gewesen ist.

Nichts habt Ihr ausgelassen – keine Fabrik und keine Scheune, keine Kirche und kein Lazarett –

Alles habt Ihr erledigt!

Bravo, Flieger! Bravo!

Frohen Mutes folgen wir Eueren Spuren.

Immer weiter rücken wir voran –

Vorwärts!

Heimlich, als wären wir Diebe, hatten wir die lächerliche Grenze dieses unmöglichen Staatswesens überschritten – morgen sinds drei Wochen her, aber die Hauptstadt ist schon unser.

Heut sind wir die Herren!

Es ist ein kleines Land und wir sind zehnmal so groß – drum immer nur frisch voran!

Wer wagt, gewinnt – besonders mit einer erdrückenden Übermacht.

Vorwärts!

Und am Himmel droben über den höchsten Wolken, da ziehen sie mit uns mit, unsere dahingeschiedenen historischen Helden.

Sie feuern uns nach unten an –

Blickt nur voll Befriedigung auf uns herab, Ihr Altvorderen, denn nun rächen wir Euch!

Was Euch vor Jahrhunderten durch Schicksals Tücke und schändlichen Verrat verwehrt war zu erobern – all Euere Träume, die werden nun durch die Überlegenheit unserer Aufrüstung Wirklichkeit! Und durch den Geist, der uns beseelt.

Wir lechzen schon nach einer Schlacht, aber wir haben noch gar kein reguläres feindliches Militär getroffen, nur paar Zivilisten mit Gewehr. Wir knüpften sie an den nächsten Baum.

Die Flieger nahmen uns bis heute alles ab und außerdem soll dieses erbarmungswürdige Staatswesen, hört man, überhaupt keine allgemeine Wehrpflicht kennen.

Ein lebensunfähiges Land.

Es soll eine Regierung haben, die es allen ihren Untertanen recht machen möcht.

Die typische Regierung der Korruption.

Es soll Untertanen haben, die ihr höchstes Ideal darin sehen, gut zu essen, gut zu trinken, Familien zu gründen, in faulem Frieden zu arbeiten –

Das typisch dekadente Volk.

Reif zum Untergang.

Ihre Sprache ist häßlich – wir verstehen kein Wort.

Sie scheinen keine Lieder zu haben, denn wir hörten sie noch niemals singen. Wir verzichten auch gerne darauf.

Ihre Häuser sind niedrig, eng und schmutzig. Sie waschen sich nie und stinken aus dem Mund. Aber ihre Berge sind voll Erz und die Erde ist fett. Ansonsten ist jedoch alles Essig.

Selbst ihre Hunde taugen einen Dreck. Räudig und verlaust streunen sie durch die Ruinen –

Keiner kann die Pfote geben.

Der Hauptmann

Einst, wenn die Zeit, in der wir leben, vorbei sein wird, wird es die Welt erst ermessen können, wie gewaltig sie gewesen ist.

Unerwartet werfen plötzlich die größten Ereignisse ihre Schatten auf uns, aber sie treffen uns nicht unvorbereitet.

Es gibt keinen Schatten der Welt, den wir nicht immer erwarten würden. Wir fürchten uns nicht!

In der Nacht zum Freitag, da gabs plötzlich Alarm.

Wir fahren aus dem Schlaf empor und treten an mit Sack und Pack. Ausgerichtet, Mann für Mann.

Es ist drei Uhr früh.

Langsam schreitet uns der Hauptmann ab –

Langsamer als sonst.

Er schaut noch einmal nach, ob alles stimmt – denn nun gibts keine Manöver mehr.

Rascher als wir träumten, kam der Ernst.

Die Nacht ist noch tief und die große Minute naht –

Bald gehts los.

Es gibt ein Land, das werden wir uns holen.

Ein kleiner Staat und sein Name wird bald der Geschichte angehören.

Ein lebensunfähiges Gebilde.

Beherrscht von einer kläglichen Regierung, die immer nur den sogenannten Rechtsstandpunkt vertritt –

Ein lächerlicher Standpunkt.

Jetzt steht er vor mir, der Hauptmann, und als er mich anschaut, muß ich unwillkürlich denken: wenn ich ihren Namen wüßte, würd ich ihr schreiben, direkt ins verwunschene Schloß.

»Wertes Fräulein«, würde ich schreiben, »ich wär am nächsten Sonntag gern gekommen, aber leider bin ich pflichtlich verhindert. Gestern war Donnerstag und heut ist schon Freitag, ich muß überraschend weg in einer dringenden Angelegenheit, von der aber niemand was wissen darf, denn darauf steht der Tod. Wann ich wiederkommen werd, das weiß ich noch nicht. Aber Sie werden immer meine Linie bleiben –«

Ich muß leise lächeln und der Hauptmann stutzt einen Augenblick.

»Was gibts?« fragt er.

»Melde gehorsamst nichts.«

Jetzt steht er schon vor meinem Nebenmann.

Ob der auch eine Linie hat? geht es mir plötzlich durch den Sinn –

Egal! Vorwärts!

Das Vaterland ruft und nimmt auf das Privatleben seiner Kinder mit Recht keine Rücksicht.

Es geht los. Endlich! –

Einst, wenn die Zeit, in der wir leben, vorbei sein wird, wird es die Welt erst ermessen können, wie friedlich wir gewesen sind.

Wir zwinkern uns zu.

Arm sind alle Worte, um den Reichtum der Rüstung zu schildern, in der unsere Sonne erglänzt. Und der Mond hinkt ihr nicht nach.

Denn wir lieben den Frieden, genau wie wir unser Vaterland lieben, nämlich über alles in der Welt. Und wir führen keine Kriege mehr, wir säubern ja nur.

Wir zwinkern uns zu.

Es gibt ein Land, das werden wir uns holen.

Ein kleines Land und wir sind zehnmal so groß – drum immer nur frisch voran!

Wer wagt, gewinnt – besonders mit einer erdrückenden Übermacht.

Und besonders wenn er überraschend zuschlägt.

Nur gleich auf den Kopf – ohne jeder Kriegserklärung!

Nur keine verstaubten Formalitäten!

Wir säubern, wir säubern –

Heimlich, als wären wir Diebe, hatten wir die lächerliche Grenze dieses unmöglichen Staatswesens überschritten. Die paar Zöllner waren rasch entwaffnet – morgen sinds drei Wochen her, aber die Hauptstadt ist schon unser. Heut sind wir die Herren!

Hört das Kommando des historischen Augenblicks:

Setzt Eueren Fuß auf Land, das Euch nicht gehört! Steckt alles ein, raubt alles aus! Gebt keinen Pardon, denn es braucht keiner zu leben, wenn er Euch nichts nützt!

Machet Euch das Vergewaltigte untertan und vermehret Euch durch Vergewaltigung!

Mit eiserner Stirne sollt Ihr das fremde Brot fressen –

Gedeihet nach dem Gesetz der Gewalt!

Säubert! –

Im Tal brennen die Dörfer.

Sie stehen in Flammen, umgeben von einer wilden Bergwelt.

Bravo, Flieger!

Obwohl ich Euch persönlich nicht riechen kann, muß mans doch der Gerechtigkeit halber anerkennen: Ihr habt ganze Arbeit geleistet!

Nichts ist Euch entgangen, auch wenn sichs noch so sehr den Bodenverhältnissen angepaßt hat.

Nichts habt Ihr übersehen, auch wenn das rote Kreuz noch so grell sichtbar gewesen ist.

Nichts habt Ihr ausgelassen – keine Fabrik und keine Kirche.

Alles habt Ihr erledigt!

Bravo, Flieger! Bravo!

Schießt das Zeug zusammen, in Schutt und Asche damit, bis es nichts mehr gibt, nur uns!

Denn wir sind wir.

Vorwärts!

Frohen Mutes folgen wir Eueren Spuren –

Wir marschieren über ein hohes Plateau.

Um uns gähnen Abgründe und drunten rauschen die Wasser.

Es ist ein milder Abend mit weißen Wölklein an einem rosa Horizont.

Vor zwei Stunden nahmen wir fünf Zivilisten fest, die wir mit langen Messern angetroffen haben. Wir werden sie hängen, die Kugel ist zu schad für solch hinterlistiges Gelichter. Aber der Berg ist kahl und ganz aus Fels, nirgends ein Busch. Wir führen sie mit uns, unsere Gefangenen, und warten auf den nächsten Baum.

Sie sind aneinander gefesselt, alle fünf an einen Strick. Der Älteste ist zirka sechzig, der Jüngste dürfte so siebzehn sein.

Ihre Sprache ist häßlich, wir verstehen kein Wort.

Ihre Häuser sind niedrig, eng und schmutzig. Sie waschen sich nie und stinken aus dem Mund. Aber ihre Berge sind voll Erz und die Erde ist fett. Ansonsten ist jedoch alles Essig.

Selbst ihre Hunde taugen einen Dreck. Räudig und verlaust streunen sie durch die Ruinen –

Keiner kann die Pfote geben.

Am Rande eines Abgrundes kommt einem meiner Kameraden plötzlich eine Idee. Er erzählt sie und wir sagen nicht nein, denn das ist die einfachste Lösung.

Gedacht, getan!

Mein Kamerad versetzt plötzlich dem Jüngsten einen heftigen Stoß – der stürzt den Abhang hinab und reißt die anderen vier mit sich. Sie schreien. Sie klatschen unten auf. Es waren dreihundert Meter.

Jetzt liegen sie drunten, doch niemand schaut hinab.

Zwei Krähen fliegen vorbei.

Keiner sagt ein Wort.

Dann marschieren wir weiter.

Die Krähen kommen wieder –

Um uns gähnen Abgründe und drunten rauschen die Wasser.

Es war ein milder Abend und jetzt kommt die Nacht. –

Einst, wenn die Zeitungen über unseren Kampf wirklichkeitsgetreu berichten dürfen, dann werden sich auch die Dichter des Vaterlandes besinnen.

Der Genius unseres Volkes wird sie überkommen und sie werden den Nagel auf den Kopf treffen, wenn sie loben und preisen, daß wir bescheidene Helden waren.

Denn auch von uns biß ja so mancher ins grüne Gras.

Aber nicht mal die nächsten Angehörigen erfuhren es, um stolz auf ihr Opfer sein zu können.

Geheim waren die Verlustlisten und blieben es lange Zeit.

Nur unerlaubt sickerte es durch, unser Blut – – –

Der Hauptmann, den wir wie einen Vater lieben, wurde ein anderer Mensch, seit wir die Grenze überschritten.

Er ist wie ausgewechselt.

Verwandelt ganz und gar.

Wir fragen uns bereits, ob er nicht krank ist, ob ihn nicht ein Leiden bedrückt, das er heimlich verschleiert. Grau ist er im Gesicht, als schmerzte ihn jeder Schritt.

Was ist denn nur mit dem Hauptmann los?

Es freut ihn scheinbar kein Schuß.

Wir erkennen ihn immer weniger.

Zum Beispiel unlängst, als wir vom Waldrand zusahen, wie unsere Flieger das feindliche Lazarett mit Bomben belegten und die in heilloser Verwirrung herumhüpfenden Insassen mit Maschinengewehren bestrichen, da drehte sich unser Hauptmann plötzlich um und ging hinter unserer Reihe langsam hin und her.

Er sah konstant zur Erde, wie in tiefe Gedanken versunken.

Nur ab und zu hielt er und blickte in den stillen Wald.

Dann nickte er mit dem Kopf, als würde er sagen:»Jaja« –

Oder zum Beispiel, als wir unlängst eine Siedlung plünderten, da stellte er sich uns in den Weg. Er wurde ganz weiß und schrie uns an, ein ehrlicher Soldat plündert nicht! Er mußte erst durch unseren Leutnant, diesen jungen Hund, aufgeklärt werden, daß die Plünderung nicht nur erlaubt, sondern sogar anbefohlen worden war. Höheren Ortes.

Da ging er wieder von uns, der Hauptmann.

Er ging die Straße entlang und sah weder rechts noch links.

Am Ende der Straße hielt er an.

Ich beobachtete ihn genau.

Er setzte sich auf einen Stein und schrieb mit seinem Säbel in den Sand. Merkwürdigerweise mußte ich plötzlich an das verwunschene Schloß denken und an das Fräulein an der Kasse, das die Linien zeichnete –

Sie wollte mich nicht sehen.

Was zeichnet denn der Hauptmann? Auch Linien?

Ich weiß nur, auch er will mich nicht sehen – –

Zwar schreitet er noch jeden Morgen unsere Front ab, aber er sieht nurmehr unsere Ausrüstung und nicht mehr durch sie hindurch in uns hinein.

Wir sind ihm fremd geworden, das fühlen wir alle.

Und das tut uns leid.

Manchmal fühlen wir uns schon direkt einsam, trotzdem wir in Reih und Glied stehen.

Als wären wir hilflos in einer uralten Nacht und es war niemand da, der uns beschützt vor dem Blitz, der jeden treffen kann –

Und mit Sehnsucht denken wir an die Tage im Kasernenhof zurück.

Wie schön wars, wenn er uns abschritt – wenn er beifällig nickte, weil alles stimmte, außen und innen.

Aber die Bande, die uns verbinden, lösen sich –

Herr Hauptmann, was ist mir Dir?

Wir verstehen Dich nicht mehr –

Herr Hauptmann, es tut uns leid.

Aber wir kommen nicht mehr mit.

Zum Beispiel, wie Du es unlängst erfahren hast, daß wir die fünf gefangenen Zivilisten mit den langen Messern über den Abgrund expediert hatten, was hast Du damals nur getrieben! Und derweil wars doch zuguterletzt nur ein beschleunigtes Verfahren – vielleicht brutal, zugegeben! Man gewinnt keinen Krieg mit Glacéhandschuhen, das müßtest Du wissen! Aber Du schriest uns wieder an, ein Soldat sei kein Verbrecher und solch beschleunigtes Verfahren wäre frontunwürdig!

Frontunwürdig?

Was heißt das?

Wir erinnern uns nur dunkel, daß dies ein Ausdruck aus dem Weltkrieg ist – wir haben ihn nicht mehr gelernt.

Und Du hast dem Kameraden, der auf die Idee mit dem Abgrund gekommen war, eigenhändig seinen Stern vom Kragen gerissen, seinen silbernen Stern –

Sag, Hauptmann, was hat das für einen Sinn?

Am nächsten Tag hat er doch seinen Stern wieder gehabt und Du, Du hast einen strengen Verweis bekommen – wir wissens alle, was in dem Schreiben stand. Der Leutnant hats uns erzählt.

Die Zeiten, stand drinnen, hätten sich geändert und wir lebten nicht mehr in den Tagen der Turnierritter.

Hauptmann, mein Hauptmann, es hat keinen Sinn!

Glaub es mir, ich mein es gut mit Dir –

Du hast von Deiner Beliebtheit schon soviel verloren.

Einige murren sogar.

Wir schütteln oft alle die Köpfe –

Oder: magst Du uns denn nicht mehr?

Hauptmann, wie soll das enden mit Dir?

Wohin soll das führen?

Änder Dich, bitte, änder Dich!

Werd wieder unser alter Vater –

Schau, trotzdem daß die Flieger mustergültig vorarbeiten, gibt es doch noch Gefahren genug.

Sie lauern hinter jeder Ecke –

Auch wenn wir durch Trümmer marschieren, man weiß es nie, ob aus den Trümmern nicht geschossen wird.

Eine Salve kracht über uns hinweg –

Wir werfen uns nieder und suchen Deckung.

Nein, das war keine Salve – das ist ein Maschinengewehr. Wir kennen die Musik.

Es steckt vor uns in einem Schuppen.

Ringsum ist alles verbrannt, das ganze Dorf –

Wir warten.

Da wird drüben eine Gestalt sichtbar, sie geht durch das verkohlte Haus und scheint etwas zu suchen.

Einer nimmt sie aufs Korn und drückt ab – die Gestalt schreit auf und fällt.

Es ist eine Frau.

Jetzt liegt sie da.

Ihr Haar ist weich und zart, geht es mir plötzlich durch den Sinn und einen winzigen Augenblick lang muß ich wieder an das verwunschene Schloß denken.

Es fiel mir wieder ein.

Und nun geschah etwas derart Unerwartetes, daß es uns allen die Sprache verschlug vor Verwunderung.

Der Hauptmann hatte sich erhoben und ging langsam auf die Frau zu –

Ganz aufrecht und so sonderbar sicher.

Oder geht er dem Schuppen entgegen?

Er geht, er geht –

Sie werden ihn ja erschießen – er geht ja in seinen sicheren Tod!

Ist er wahnsinnig geworden?!

In dem Schuppen steckt ein Maschinengewehr –

Was will er denn?!

Er geht weiter.

Wir schreien plötzlich alle: »Herr Hauptmann! Herr Hauptmann!«

Es klingt, als hätten wir Angst –

Jawohl, wir fürchten uns und schreien –

Doch er geht ruhig weiter.

Er hört uns nicht.

Da spring ich auf und laufe ihm nach – ich weiß es selber nicht, wieso ich dazu kam, daß ich die Deckung verließ –

Aber ich will ihn zurückreißen, ich muß ihn zurückreißen!

Da gehts los – das Maschinengewehr.

Ich sehe, wie der Hauptmann wankt, sinkt – ganz ergeben –

Und ich fühle einen brennenden Schmerz am Arm – oder wars das Herz?

Ich werfe mich zu Boden und benutze den Hauptmann als Deckung.

Er ist tot.

Da seh ich in seiner Hand was weißes –

Es ist ein Brief.

Ich nehm ihn aus seiner Hand und hör es noch schießen – aber nun schützt mich mein Hauptmann.

»An meine Frau«, steht auf dem Brief.

Ich stecke ihn ein und dann weiß ich nichts mehr.

Gedanken

Nun wohn ich bei meinem Vater. Er geht gegen Mittag weg und kommt erst nach Mitternacht heim. Sein Zimmer ist wirklich arm.

Ein Schrank, ein Tisch, ein Bett, zwei Stühle und ein schiefes Sofa – das ist alles. Das Sofa ist übrigens obendrein zu kurz für mich.

Dafür hab ich den halben Tag Musik.

Nebenan wohnt nämlich eine arbeitslose Verkäuferin mit einem heiseren Grammophon. Sie hat nur drei Platten, lauter Tanz.

Also immer dasselbe, aber das stört mich nicht, was lustiges hört man immer gern.

Ich lese ein Buch über Tibet, das geheimnisvolle Reich des Dalai-Lama am höchsten Punkt der Welt. Mein Vater hats von einem Stammgast bekommen. Der Stammgast konnte nämlich plötzlich seine Zeche nicht mehr bezahlen, weil er seine Stellung verloren hatte. Ein kleines Menü ist das Buch wert. Aber ohne Kompott.

Diese Verkäuferin ist nicht hübsch.

Sie wird also schwer eine Stellung bekommen.

Wenn sie nicht verhungern will, wird sie sich wohl verkaufen müssen.

Viel wird sie ja nicht bekommen. –

Eigentlich ist sie zu dürr. Zumindest für meinen Geschmack. Ich lieb nämlich nur das Gesunde.

In den Zeitungen steht zwar, wir hätten keine Arbeitslosen mehr, aber das ist alles Schwindel. Denn in den Zeitungen stehn nur die unterstützten Arbeitslosen – da aber einer nach kurzer Zeit nicht mehr unterstützt wird, kann er also nicht mehr in der Zeitung als Arbeitsloser stehn. Ob er sich umbringt, um nicht zu verhungern, darüber darf natürlich nichts berichtet werden. Nur wenn einer etwas stiehlt, das steht drin und zwar in der Rubrik: »Aus dem Rechtsleben«.

Es gibt keine Gerechtigkeit, das hab ich jetzt schon heraußen. Daran können auch unsere Führer nichts ändern, wenn sie auch auf außenpolitischem Gebiet noch so genial operieren. Der Mensch ist eben nur ein Tier und auch die Führer sind nur Tiere, wenn auch mit Spezialbegabungen.

Warum bin ich nicht so begabt?

Warum bin ich kein Führer?

Wer bestimmt da mit einem Menschen? Wer sagt zu dem einen: Du wirst ein Führer. Zum andern: Du wirst ein Untermensch. Zum dritten: Du wirst eine dürre, stellungslose Verkäuferin. Zum vierten: Du wirst ein Kellner. Zum fünften: Du wirst ein Schweinskopf.

Zum sechsten: Du wirst die Witwe eines Hauptmanns. Zum siebten: Gib mir deinen Arm –

Wer ist das, der das zu befehlen hat?

Das kann kein lieber Gott sein, denn die Verteilung ist zu gemein –

Wenn ich der liebe Gott war, würd ich alle Menschen gleich machen.

Einen wie den anderen – gleiche Rechte, gleiche Pflichten.

Aber so ist die Welt ein Saustall.

Meine dicke Schwester im Krankenhaus sagte zwar immer: Gott hat mit jedem einzelnen etwas vor –

Heut tuts mir leid, daß ich ihr nicht geantwortet hab: Und mit mir? Was hat er denn mit mir vor, dein lieber Gott?

Was hab ich denn verbrochen, daß er mir immer wieder die Zukunft nimmt?

Was will er denn von mir?

Was hab ich ihm denn getan?!

Nichts, radikal nichts!

Ich hab ihn immer in Ruh gelassen –

Das Grammophon spielt, ich lese im Buch über Tibet von dem salzigen See Lango-Ply, aber meine Gedanken sind wo anders.

Ich hab nämlich keine Angst mehr vor dem Denken, seit mir nichts anderes übrig bleibt. Und ich freue mich über meine Gedanken, selbst wenn sie was Unangenehmes entdecken.

Denn ich bleib durch das Denken nicht mehr allein, weil ich mehr zu mir selber komme. Dabei find ich natürlich nur Dreck.

Ich darf noch die Uniform tragen, denn ich hab keinen anderen Anzug, und das Jahr in der Kaserne war mein goldenes Zeitalter.

Vielleicht hätt ich jenem Bettler meine fünf Taler geben sollen, vielleicht wär dann heut mein Arm wieder ganz – nein, das ist ein zu dummer Gedanke!

Weg damit!

Mein Vater sagte: wir haben gesiegt – jawohl: wir. Als wär er auch dabei gewesen –

Einst hat er den Krieg verabscheut, seinen Weltkrieg, weil er dabei gewesen ist. Aber mein Krieg, der versetzt ihn in Begeisterung –

Ja, er ist und bleibt ein verlogener Mensch.

Aber ich bin ihm nicht bös, wenn ich dieses Zimmer betrachte.

Wer arm ist, darf sich was vorlügen – das ist sein Recht.

Vielleicht sein einziges Recht.

Der Bettler

Als ich an diesem Abend das Lokal betrat, in dem mein Vater bediente, war das Tischchen, an dem ich sonst zu essen pflegte, besetzt. Es saß dort bereits ein Gast.

Der Tisch stand abseits von den anderen in einer Ecke, es war ein schlechter Platz, denn es zog immer herein. Aber da ich umsonst aß, mußte ich damit vorlieb nehmen. Hier aß ich nämlich, mein Vater bezahlte es zu sehr ermäßigtem Preise, bis ich Bescheid bekomme wegen der Aufseherstelle. So hatten wir beide es besprochen.

Der Gast, der an dem Tische saß, trug eine blaue Brille und hatte einen Vollbart. Ein weißer Stock lehnte neben ihm, er war also blind.

»Setz dich nur hin«, sagte mein Vater, »das ist bloß ein Bettler.«

Ein Bettler?

Und es fielen mir wieder die fünf Taler ein –

Wars nicht dieser, dem ich sie nicht gab?

Ich näherte mich dem Tische.

Nein, er wars nicht, aber ich bin nicht sicher –

Auf alle Fälle: er könnts gewesen sein.

Und ich werde den Gedanken nicht los: vielleicht wär mein Arm jetzt ganz, wenn ich ihm die fünf Taler gegeben hätt, vielleicht müßt ich jetzt nicht hier mit einem Bettler zusammen essen am gleichen Tisch und die Protektion erbitten und Aufseher werden –

Ich setze mich an den Tisch und sage:»Guten Abend!«

»Guten Abend«, sagt der Bettler und läßt sich nicht stören. Er löffelt seine Suppe.

Ich muß auf die meine warten.

Der Bettler hat seine Suppe ausgelöffelt und ißt nun ein Kotelett mit Reis und Salat. Auch Kompott ist dabei. Und ich denke mir: schau, dieser Bettler kriegt mehr wie ich –

Jetzt bringt mir mein Vater meine Suppe und sagt zum Bettler: »Schmeckts?«

»No ja«, meint der Bettler,»das Fleisch ist ein bisserl zäh für meine Zähn und der Reis ist wieder so ein Matsch – geh bringens mir einen halben Liter, von dem Weißen!«

Was? Der Bettler bestellt sich Wein?

Ich glotze meinen Vater betroffen an – er errät meine Gedanken und meint lächelnd:»Jawohl, der Großpapa da verdient mehr als ich, der kann sich ruhig den Wein leisten –«

»Red nur«, sagt der Bettler,»red nur und richt mich aus – wer ist –« und er hebt seine blaue Brille und zwei Augen schauen mich streng an und zugleich gutmütig:»Wer sitzt denn da?«

»Mein Sohn.«

»Ah, gratuliere!«

»Er verläßt jetzt das Militär«, sagt mein Vater.

»Bravo«, sagt der Bettler,»verlassen ist immer gut. Was will er denn werden?«

»Er wird Aufseher«, sagt mein Vater.

»Aber Vater«, sag ich,»woher willst denn das wissen? Das hängt doch noch alles in der Luft!«

»Es hängt gar nichts in der Luft«, sagt mein Vater, und zum Bettler gewandt: »Er hat nämlich eine starke Protektion, die Witwe seines gefallenen Hauptmanns.« –

Jetzt werd ich wild.

»Aber Vater«, sage ich, »wie kannst denn du das alles in der Welt so herumschreien, das muß doch nicht jeder wissen!«

»Junger Herr«, sagt der Bettler, »ich darf alles wissen und ich weiß auch alles. Wenn Sie wüßten, was mir alles erzählt wird!«

Mein Vater will mir auch entgegnen, daß er nicht abergläubisch sei, aber er wird von anderen Gästen fortgerufen. Er muß ihnen Bier bringen.

»Sie dürfen Ihren Vater nicht so anfahren. Ihr Vater ist ein alter Mann, da wird man geschwätzig. Das ist nicht schön und das gehört sich nicht«, sagt der Bettler.

»Was geht das Sie an?«

»Es geht mich so lang was an, solang ichs hören muß.«

»Dann hörens weg!«

»Das kann ich nicht. Ich bin ja nicht taub.«

Ich betrachte ihn spöttisch.

»Und blind sind Sie auch nicht?«

»Natürlich nicht«, sagt er. »Das tu ich nur so, als ob ich nicht sehen würde, sonst würd mir ja keiner was geben.«

»Feine Finten!«

»Ich muß auf das Mitleid spekulieren, damit die Leut besser werden. Ich tu als wär ich blind, aber ich sehs genau, wer mir was gibt. He, wo bleibt mein Wein?«

»Hier«, sagt mein Vater, er brachte ihn soeben.

»Zwei Gläser«, sagt der Bettler, »ich möcht gern deinen Sohn einladen – darf ich?«

»Oh bitte!« sagt mein Vater.

»Ich verzichte«, sagte ich.

»Was hat er denn?« staunt mein Vater.

»Er ist bös auf mich«, grinst der Bettler.

»Warum denn?«

»Weil ich dich in Schutz genommen hab«, sagt der Bettler.

»Ich brauch deinen Schutz nicht«, sagt mein Vater.

»Nanana, nur nicht gar so von oben herab! Kennst du nicht das erste Gebot – dort stehts an der Wand: ›Ehre Deinen Gast‹.«

»Mit dir kann man nicht reden!« sagt mein Vater ärgerlich und läßt uns stehen.

»Mit mir kann man schon reden«, grinst der Bettler, »vorausgesetzt, daß man die Gebote befolgt.«

Ich betrachte die Gebote, sie hängen an der Wand.

Da steht:

Erstes Gebot: Ehre Deinen Gast, er ist Dein Herr, solang er die Zeche nicht prellt.

Zweites Gebot: ...

»Trinkens nur ruhig mit mir«, höre ich den Bettler und er schenkt auch schon ein, »ich bettel zwar, und heut hat mir einer einen Gulden gegeben, das sind so Gelübde, als ob ich helfen könnt! Und ich kann auch helfen!«

»Sie können helfen?«

»Nicht immer. Aber wenn einer ganz fest glaubt, dann ja –«

»Das wär ja sehr einfach!«

»Oho! Glauben ist schwer, sehr schwer!«

»Sie glauben doch nicht –«

»Doch. Wenn man einem Bettler was gibt, das hat man Gott gegeben – aber ich will Ihr Gewissen erleichtern, das Geld mit dem ich diesen Wein da bezahl, ist nicht erbettelt –«

»Sondern gestohlen?« denke ich.

»Auch nicht gestohlen«, und er sieht mich scharf an, »wer hat heutzutag noch nicht irgendwas gestohlen – ein jeder. Es kommt ja nicht drauf an, ob ein solcher Diebstahl im Gesetzbuch bestraft wird, ich red jetzt von einer höheren Warte aus.«

»Höhere Warte?« Ich betrachte ihn spöttisch.

»Das Geld, mit dem ich diesen Wein bezahle, ist weder erbettelt noch gestohlen, es ist mein Vermögen, ich bin nämlich reich.«

»Ach, und warum bettelns denn dann?«

»Das ist mein Beruf«, sagt er schlicht.

Lacht er mich aus? Macht er sich lustig über mich?

»Das versteh ich nicht«, sag ich.

»Das ist auch mein Geheimnis.«

»Das ist mir zu hoch.«

»Das glaub ich Ihnen«, sagt er und hebt sein Glas, »also reden wir nicht mehr, sondern trinken wir. Auf das, was wir lieben.«

Ich starre ihn an. Und rühre mich nicht.

»Na, Sie werden doch etwas haben, das Sie lieben –«

»Nein, das heißt –«

»Sie haben gar kein Mädel, niemand?«

»Nein.«

»Es ist nicht gut, daß der Mensch allein sei«, sagt er.

»Finden Sie?«

»Ja, denn sonst verliert er sich in Grübeleien. Und er kann doch nicht denken, das heißt nur begrenzt. Da ists mir schon lieber, Ihr habt die Erbsünde begangen – ohne Weib wärs sicher noch schlimmer.«

»Ich hätt vielleicht schon wen«, sag ich, »aber ich weiß nicht, wo sie wohnt –«

»Sie wissens nicht?«

»Nein, sie ist fort.«

»Na und?«

»Nichts. Sie wird mich auch nicht mögen.«

»Warum nicht?«

»Weil ich nichts hab.«

»Lächerlich. Eine Frau ist doch nicht so –«

»Sicher hat sie schon einen Meinesgleichen oder sowas.«

»Woher wollen Sie das wissen?«

»Ich denk es mir.«

»Das sagt gar nichts.«

»Was? Denken sagt gar nichts? Sondern?«

»Sondern: was grübeln Sie da herum – suchen Sie, suchen Sie!«

»Vorbei.«

»Sie gefallen mir. Wenn sie fort ist und dann sitzens da herum?«

»Was soll ich tun?«

»Suchen Sie sie! Suchen Sie. Man wird nicht umsonst geliebt. Gehens und suchens!«

»Wo denn?«

»Fragens die Leut!«

»So?«

»Jemand wirds schon wissen!«

Er hat recht, denke ich. Natürlich werd ich sie suchen, und zwar gleich morgen früh. Ich werd mich in der Autorennhalle, dort, wo das verwunschene Schloß mal stand, erkundigen, wie sie wohl sein mag –

Und ich hebe das Glas: »Auf das, was wir lieben!«

Der Schneemann

Ich gehe auf den Friedhof und suche ihr Grab.

Es ist schon Nachmittag geworden und der Schnee beginnt zu treiben.

Es ist bitterkalt.

Die Straße ist rutschig.

Wolken ziehen vorbei und ich geh langsam an den Gräbern entlang.

Hier liegen die Helden, die Weiber und die Kinder.

Ich gehe auf ihr Grab.

Endlich find ich es.

Es ist klein und ein kleines Kreuz und daran steht: Anna Lechner.

Und ich setze mich nieder, gegenüber ist ein höheres Grab.

Mir ists, als müßte ich auf etwas Neues warten.

Als würde eine neue Zeit kommen –

Es ist so seltsam still.

Ein Engel steht auf einem Grab, hat er ein Schwert in der Hand?

Ich kanns nicht erkennen, denn es dämmert bereits.

Oder kommt die neue Zeit nur in mir?

Und ein Satz fällt mir plötzlich ein und läßt mich nicht mehr los: am Anfang einer jeden neuen Zeit stehen in der lautlosen Finsternis, die Engel mit den feurigen Schwertern.

Und ein anderer: Wir sind Gottes Ebenbild.

Ein jeder einzelne – ja, der Bettler hatte recht.

Und wir stehen nur einzeln vor Gott und geben ihm Rechenschaft, nur einzeln, und niemals das Vaterland oder dergleichen, das ist alles Menschenwerk, nur Gott der Mensch ist Gotteswerk, nur den Menschen hat Gott gebaut –

Und es zählt nur der einzelne.

Auf einem Grab steht: »Ich bin das Leben.«

Ja, und jeder ist einzeln und jeder ist anders, keiner machts gleich, keiner ist dem anderen gleich –

Und es gibt nur Verbrechen der einzelnen (?)

Und meine Kameraden – wenn ichs mir überlege, ein jeder hat ein anderes Schicksal, auch wenns ähnlich ist – ein jeder hat in seinem Leben mit der Witwe eines Hauptmanns geschlafen, mit einem Zwerg, – aber hat ein jeder keine Liebe gefunden?

Er kann sie nicht finden, solange er das Vaterland liebt, das Kollektiv, die gleiche Reihe –

Solange er die Front abschreitet.

Und es wird immer kälter –

Wir sind jeder allein – und einsam.

Und nur in der Liebe können wir das finden –

Nicht im Männerbund, ausgerichtet, Mann für Mann.

Aber wir, wir sind zu verpatzt dazu – wir können nur eines machen: erkennen, was weg gehört!

Gleichgültig, was dann kommt –

Der Nebel fällt ein –

Es ist der Nebel der Zukunft, denke ich.

Es wird so kalt, sie zwickt mich, als kröchen Ameisen über mich und errichten eine Burg – was tragen die Ameisen?

Sie bauen, sie bauen –

Es schneit immer mehr.

Und mit dem Schnee kommt der Gedanke –

Es fällt in weichen Flocken und deckt alles zu – Es wird alles weiß.

Eine große Hand nimmt mich in die Hand und hebt mich auf.

Das Märchen in unserer Zeit

In unserer Zeit lebte mal ein kleines Mädchen, das zog aus, um das Märchen zu suchen. Denn es hörte überall, daß das Märchen verloren gegangen sei. Ja, einzelne sagten sogar, das Märchen wäre schon längst tot. Wahrscheinlich liege es irgendwo verscharrt, vielleicht in irgendeinem Massengrab.

Aber das kleine Mädchen ließ sich nicht beirren. Sie konnte es nicht glauben, daß es kein Märchen mehr gibt.

Sie ging also in den Wald und fragte die Bäume, aber die Bäume murrten nur. Die Elfen der Wiesen sind längst fortgezogen, die Zwerge aus den Höhlen, die Hexe aus der Schlucht.

Und sie fragte die Vögel, aber die sagten: »Die Menschen fliegen schneller, wie wir – kiwitt, kiwitt, es gibt kein Märchen mehr!«

Und die Rehe sagten, lächerlich, und die Hasen lachten, und der Hirsch gab überhaupt keine Antwort. Es war ihm einfach zu dumm.

Und die Kühe sagten, es wäre ihnen zu blöd, und sagten, man dürfe sowas vor den Kälbern gar nicht sagen. Sie sollten so dumme, zwecklose Fragen gar nicht hören, sie sollten darauf vorbereitet werden, daß sie geschlachtet würden, kastriert oder Milchspender würden. Ja, selbst wenn einer als Stier durchkomme, so sei das auch kein Märchen. Man müsse die Kälber aufklären.

Auf der Straße stand ein altes Pferd, das sollte zum Schlachter geführt werden. Es hatte ausgedient. Der Metzger saß im Wirtshaus und trank.

»Es wirds auch nicht wissen«, dachte das Mädchen, »aber ich will es fragen, denn es ist ein altes Pferd und weiß sicher viel.« Und sie fragte das Pferd.

Das Pferd sah das Mädchen an, verzog etwas seine Nüstern und stampfte dann mit den Hufen. »Du suchst das Märchen?« fragte es.

»Ja.«

»Dann verstehe ich es nicht«, sagte das Pferd, »warum du es noch suchst? Denn das allein ist doch schon ein Märchen!«

Und es blinzelte das Mädchen an.

»Hm. Mir scheint gar, du bist es selber, das Märchen. Du suchst dich selber. Jaja, je näher ich dich betrachte, desto mehr merke ich es: du bist das Märchen. Komm, erzähl mir was!«

Das kleine Mädchen geriet in große Verlegenheit. Aber dann fing es an zu erzählen. Es erzählte von einem jungen Pferde, das so schön war und alle Preise beim Rennen gewann. Und von einem Pferde auf dem Grabe seines Herrn. Und von den wilden Pferden, die frei leben.

Und da weinte das alte Pferd und sagte: »Hab Dank! Jaja, du bist das Märchen, ich wußte es ja schon!«

Der Metzger kam und es wurde geschlachtet.

Am Sonntag gab es bei den Eltern Pferdefleisch, denn sie waren sehr arm.

Aber das kleine Mädchen rührte nichts an. Es dachte an das alte Pferd, wie es weinte.

»Sie ißt kein Pferdefleisch«, sagte die Mutter, »dann iß gar nichts.«

»Sie ist eine Prinzessin«, sagten die Geschwister.

Und das kleine Mädchen aß gar nichts.

Aber es blieb nicht hungrig.

Es dachte an das alte Pferd und wie es weinte, und wurde satt.

Ja, es war ein Märchen.

Der Gedanke

Ein Märchen

Gestern begegnete ich einem Gedanken.

Ich war gerade spazieren und wollte wieder zurück, weil ich anfing, hungrig zu werden und außerdem dachte ich, jetzt wirds bald regnen, denn der Himmel hatte sich bezogen.

Da traf ich, wie gesagt, einen Gedanken. Ich weiß noch genau die Stelle, wo es war. Dort, wo der Wald aufhört, beginnt aufzuhören.

Ich bemerkte den Gedanken nicht sogleich, erst als er an mir vorbeiging und mich ansah – da hielt ich unwillkürlich, ich hatte so etwas schönes noch nie gesehen!

Ich konnt mich zuerst gar nicht rühren vor Überraschung. Und dann war der Gedanke an mir vorbei. Ich lief ihm nach und fand ihn nirgends – er war weg.

Zu dumm!

Ich ärgerte mich, wie kann man nur so blöd sein und so einen schönen Gedanken vergessen!

Und ich strengte mich an, daß er mir einfallen möge wieder, aber er blieb aus. Er kam nicht wieder. Ich lief ihm nach an vielen platten Gedanken vorbei, hübschen und nicht hübschen, häßlichen, es kamen mir inzwischen auch neue Gedanken, ich traf auch neue, fremde wurden mir vorgestellt. Aber der Gedanke, den ich suchte, blieb mir fern. Und ich wußte, ich brauche ihn, auf diesen Gedanken habe ich immer schon gewartet.

Aber es sollte nicht sein!

Ich gab die Hoffnung schon auf und unterhielt mich mit anderen Gedanken. Gedanken, die aus dem Schnaps kommen, aus Wein und Bier, aus einem guten Braten, aus einer hohen Kirche, vom Markt – kurz allerhand Kraut und Rüben.

Aber ganz heimlich in mir blieb die Sehnsucht wach nach dem einen großen Gedanken –

Ob ich ihn jemals wiedersehen werde?

Manchmal dachte ich schon, ich hätte ihn wieder, aber das war alles Täuschung. Vielleicht war eine gewisse Ähnlichkeit vorhanden, aber er war es nicht.

Und ich wurde immer trauriger über den schönen Gedanken.

Ich wußte, wenn ich ihn wiederhabe, dann darf mich die ganze Welt gern haben.

Dann pfeif ich auf alles.

Und dann kam ein Gedanke, es war ein sehr gescheiter belesener Gedanke, der sagte: Hör mal, ich glaub, das war gar kein Gedanke, mir scheint, das war eher ein Gefühl –

Ein Gefühl? Daß ich nicht lache!

Lacht nicht! Man kann das oft nicht so genau unterscheiden es gibt Grenzen, man meint man hat einen Gedanken und derweil ist das alles nur Gefühl!

Ich verbitte mir das! Ich werde wohl noch einen Gedanken von Gefühlen unterscheiden können!

Abwarten! Was bin zum Beispiel ich? Es gibt keinen ganz reinen Gedanken, immer ist auch irgendwo versteckt ein paar Prozent Gefühl und umgekehrt! Aber den Gedanken, den ich traf und vergessen habe, das war der reinste Gedanke! Und drum sehn ich mich auch so mit ganzem Herzen nach ihm.

Er starb. Und als der Engel des Todes kam sagte er: Ach, du bist ja mein Gedanke –

Ja, sagte er, ich bin mal an dir vorbei und hab mir gedacht, soll dich jetzt der Schlag treffen oder nicht? Dann hab ichs mir überlegt. Ich bin weder ein Gedanke, noch ein Gefühl, ich bin der Friede! Friede auf Erden den Menschen, die unter der Erde liegen! Komm, ich bin das Nichts. Drum hast du mich auch vergessen. Denn ein Nichts kann man nicht behalten.

Über tredition

Eigenes Buch veröffentlichen

tredition wurde 2006 in Hamburg gegründet und hat seither mehre-re tausend Buchtitel veröffentlicht. Autoren veröffentlichen in we-nigen leichten Schritten gedruckte Bücher, e-Books und audio-Books. tredition hat das Ziel, die beste und fairste Veröffentli-chungsmöglichkeit für Autoren zu bieten.

tredition wurde mit der Erkenntnis gegründet, dass nur etwa jedes 200. bei Verlagen eingereichte Manuskript veröffentlicht wird. Da-bei hat jedes Buch seinen Markt, also seine Leser. tredition sorgt dafür, dass für jedes Buch die Leserschaft auch erreicht wird.

Im einzigartigen Literatur-Netzwerk von tredition bieten zahlreiche Literatur-Partner (das sind Lektoren, Übersetzer, Hörbuchsprecher und Illustratoren) ihre Dienstleistung an, um Manuskripte zu ver-bessern oder die Vielfalt zu erhöhen. Autoren vereinbaren direkt mit den Literatur-Partnern die Konditionen ihrer Zusammenarbeit und partizipieren gemeinsam am Erfolg des Buches.

Das gesamte Verlagsprogramm von tredition ist bei allen stationä-ren Buchhandlungen und Online-Buchhändlern wie z. B. Amazon erhältlich. e-Books stehen bei den führenden Online-Portalen (z. B. iBookstore von Apple oder Kindle von Amazon) zum Verkauf.

Einfach leicht ein Buch veröffentlichen: **www.tredition.de**

Eigene Buchreihe oder eigenen Verlag gründen

Seit 2009 bietet tredition sein Verlagskonzept auch als sogenanntes "White-Label" an. Das bedeutet, dass andere Unternehmen, Institutionen und Personen risikofrei und unkompliziert selbst zum Herausgeber von Büchern und Buchreihen unter eigener Marke werden können. tredition übernimmt dabei das komplette Herstellungs- und Distributionsrisiko.

Zahlreiche Zeitschriften-, Zeitungs- und Buchverlage, Universitäten, Forschungseinrichtungen u.v.m. nutzen diese Dienstleistung von tredition, um unter eigener Marke ohne Risiko Bücher zu verlegen.

Alle Informationen im Internet: **www.tredition.de/fuer-verlage**

tredition wurde mit mehreren Innovationspreisen ausgezeichnet, u. a. mit dem Webfuture Award und dem Innovationspreis der Buch Digitale.

tredition ist Mitglied im Börsenverein des Deutschen Buchhandels.

Dieses Werk elektronisch lesen

Dieses Werk ist Teil der Gutenberg-DE Edition DVD. Diese enthält das komplette Archiv des Projekt Gutenberg-DE. Die DVD ist im Internet erhältlich auf **http://gutenbergshop.abc.de**

FSC
www.fsc.org
MIX
Papier | Fördert
gute Waldnutzung
FSC® C083411

Zeitfracht Medien GmbH
Ferdinand-Jühlke-Straße 7
99095 Erfurt, Deutschland
produktsicherheit@kolibri360.de